कल्याणी अग्रवाल का जन्म और पालन–पोषण दिल्ली में हुआ। माता पिता की प्रेरणा और प्रोत्साहन से बचपन से ही अपने अन्य भाई–बहनों के साथ रूसी साहित्य से परिचित होने का अवसर प्राप्त हुआ। बी.एससी. करने के साथ–साथ रूसी भाषा सीखी और छात्रवृत्ति पर रूस में उच्च अध्ययन के लिए गईं । अपना पाठ्यक्रम पूरा करने के पश्चात उन्होंने रूसी कहानियों का अनुवाद करना प्रारंभ किया। इस पुस्तक की कहानियों द्वारा अनुवादिका ने हमारी नई पीढ़ी को हिंदी में क्लासिक रूसी कथाकारों व उनकी मार्मिक रचनाओं से परिचित करने का प्रयास किया है।

श्रेष्ठ रूसी कहानियाँ

अनुवाद

कल्याणी अग्रवाल

Om Books International

This edition first published in 2023 by

Om Books International

Corporate & Editorial Office
A-12, Sector 64, Noida 201 301
Uttar Pradesh, India
Phone: +91 120 477 4100
Email: editorial@ombooks.com
Website: www.ombooksinternational.com

Sales Office
107, Ansari Road, Darya Ganj,
New Delhi 110 002, India
Phone: +91 11 4000 9000
Email: sales@ombooks.com
Website: www.ombooks.com

Translator: Kalyani Agarwal

ISBN: 978-93-5376-859-1

Printed in India

10 9 8 7 6 5 4 3 2 1

यह पुस्तक मेरे आदरणीय माता–पिता, सभी भाई–बहनों, विशेष रुप से रेखा को समर्पित है, जिनके प्रोत्साहन व प्रेरणा ने मेरे इस स्वप्न को साकार रूप दिया।

अनुक्रम

1	ईमानदार चोर फ़्योदर दस्तयेव्स्की	1
2	श्वान यूरी बोन्दारेव	25
3	तीसरा विश्वयुद्ध मार्गारीता ख़ैमलिन	30
4	दिल्लगी आंतोन चैख़व	40
5	अनुरोध यूरी बोन्दारेव	48
6	प्रसन्नता यूरी बोन्दारेव	50
7	मेरे बचपन का तारा यूरी बोन्दारेव	52
8	तीन प्रश्न लियो तॉल्स्तॉय	54
9	कासे कहूँ पीड़ अपने जिया की आन्तोन चैख़व	61

10 मुर्गी के अंडे जितना बड़ा अनाज 70
लियो तॉल्स्तॉय
11 याचक 75
आंतोन चैख़व
12 अप्सराएँ 84
ईवान तुर्गेनेव
13 मोटू–पतलू 88
आन्तोन चैख़व
14 मई का महीना 92
मिख़ाईल बुल्गाकव
15 भिक्षा 98
ईवान तुर्गेनेव
16 चोर 101
आन्तोन चैख़व
17 गौरैया 108
ईवान तुर्गेनेव
18 चाँदनी रात में 111
अलेक्सांदर कुप्रिन
19 संस्मरण 126
मिख़ाईल बुल्गाकव
20 श्वेत जल के किनारे 134
सेर्गेई येसेनिन

1

ईमानदार चोर

फ़्योदर दस्तयेव्स्की

एक सुबह जब मैं कार्यालय जाने के लिए तैयार खड़ा था, अग्राफ़िना मेरे कमरे में आई। वह मेरी रसोइया, धोबिन व गृह–प्रबंधक थी। मुझे आश्चर्य इस बात का था कि वह मुझसे बात करने आई थी।

आज तक तो वह इतनी मौन व साधारण महिला रही है कि छह वर्षों में प्रतिदिन मात्र इसके कि 'खाने में क्या बनाना है?' उससे कोई और शब्द नहीं सुना। कम से कम मैंने तो कभी नहीं सुना। "श्रीमान, मैं आपसे कहना चाहती हूँ कि ...," अचानक उसने कहना प्रारम्भ किया, "कि आप यह अपनी कोठरी किराए पर क्यों नहीं उठा देते?"

"कौन–सी कोठरी?"

"वही, जो रसोईघर की बग़ल में है, और कौन–सी।"

"क्यों?"

"क्यों? लोग अक्सर किराएदार किसलिए रखते हैं? सब जानते हैं क्यों?"

"हाँ, पर कौन लेगा किराए पर उसे?"

"कौन लेगा क्या? किराएदार लेगा। सब जानते हैं कौन।"

"अरे हाँ, मेरी माँ, वहाँ एक खाट बिछाने से ही कोठरी तंग हो जाती है। कौन रह पाएगा वहाँ?"

"रहने की क्या आवश्यकता है? केवल रात भर सोने के लिए चाहिए। रहेगा तो वह जंगले पर।"

"कौन–से जंगले पर?"

"यही जंगला, जैसे पता नहीं! यहीं बैठक में जो जंगला है। वह वहीं बैठेगा, सिलाई करेगा या कुछ तो करेगा। संभवतः कुर्सी पर बैठेगा। है उसके पास कुर्सी; हाँ, और उसके पास मेज भी है; सब कुछ है।"

"कौन है वह?"

"वह भला व्यक्ति है, लोकव्यवहार जानता है। मैं उसके लिए खाना बनाया करूँगी। और कोठरी व कुर्सी, मेज़ के लिये सिर्फ़ 3 रुबल हर माह लूँगी... ।"

अंततः मैं, बहुत प्रयत्न के बाद, जान पाया कि किसी वृद्ध व्यक्ति ने अग्राफ़िना को भड़काया है या यों कहें कि अग्राफ़िना के मन में यह बात बैठा दी कि उसे किराए पर रख लिया जाए। अग्राफ़िना के मन में जो बात घर कर जाए उसे प्रत्येक दशा में करना आवश्यक होता है। अन्यथा, मैं जानता था वह मेरी शान्ति भंग कर देगी। ऐसे अवसरों पर जब उसके मन के अनुकूल नहीं होता, तो वह उसी क्षण विचारमग्न हो जाती है व गहन उदासी उसे घेर लेती है। उसकी ऐसी अवस्था दो से तीन सप्ताह तक बनी रहती है। ऐसी अवस्था में वह खाना बहुत बेस्वाद बनाती है, अक्सर चादरें लुप्त हो जाती हैं, फ़र्श की सफ़ाई छोड़ दी जाती है। एक शब्द में परेशानी का दौर निकल पड़ता था। मैंने बहुत पहले ही ध्यान दिया था कि यह मूक महिला किसी भी परिस्थिति में स्वयं के मतानुसार अन्तिम निर्णय ले लेती है। परन्तु पहले से ही उसकी निर्बल बुद्धि में, संयोगवश ऐसे मिलते–जुलते विचार जब घर कर गये हों, उसको मानने से मना करने का अर्थ होता कि आपने कुछ समय के लिए उसकी नैतिक हत्या की है। और इसी कारण, क्योंकि मुझे अपनी मानसिक शान्ति बहुत प्यारी है, मैंने उसी क्षण स्वीकृति दे दी।

"उसके पास कम से कम कोई पासपोर्ट या फिर अन्य कोई पहचान–पत्र तो होगा?"

"क्यों नहीं, निस्संदेह है ना। वह भला व्यक्ति है, लोकव्यवहार जानता है। तीन रुबल देने का वचन दिया है।"

अगले ही दिन, मेरे साधारण से दिखने वाले एक कमरे के मकान में नए किराएदार ने अपना पड़ाव डाल दिया। मैं क्रोधित नहीं हुआ। वास्तव में मैं बहुत प्रसन्न था। सामान्यतः मैं एकाकी जीवन जी रहा था, पूर्ण रूप से विरक्त जीवन। मेरे परिचित ना के बराबर थे। मैं कदाचित ही बाहर जाता था। दस वर्ष उदासीनता में व्यतीत करने के बाद, मैं निस्संदेह एकाकी जीवन का आदी हो चुका था। दस–पंद्रह वर्ष या हो सकता है उससे भी अधिक, यही एकांतवास, ऐसी ही अग्राफ़िना के साथ, इसी एक कमरे के मकान में, बिल्कुल बेरंग जीवन रहा। केवल इसीलिए, एक शान्त व विनीत व्यक्ति का इस घर में रहना अलौकिक वरदान से कम नहीं था।

अग्राफ़िना ने असत्य नहीं कहा था कि मेरा किराएदार अनुभवी था। उसके पासपोर्ट के अनुसार वह सेवानिवृत्त सैनिक रहा है। उसका पासपोर्ट देखे बिना कोई भी यह बात उसे देखकर ही बता सकता था। अस्ताफ़ी ईवानोविच, मेरा किराएदार अच्छा सैनिक था। हम प्रसन्नता से रह रहे थे। सबसे रोचक बात थी कि अस्ताफ़ी ईवानोविच समय–समय पर कहानियाँ सुनाता। वह विशेषतः अपने निजी जीवन की घटनाएँ बड़ी कुशलता से सुनाता था। मेरे चिर–परिचित उचाट जीवन में एक ऐसा कुशल कहानीकार बहुमूल्य निधि के समान था। एक दिन उसने मुझे एक ऐसी ही कहानी सुनाई। इस कहानी ने मुझपर चिरस्थायी प्रभाव डाला। इन्हीं में से एक कहानी का प्रसंग किस प्रकार घटित हुआ, यह मैं आपको सुनाता हूँ।

एक दिन मैं घर पर अकेला था। अस्ताफ़ी व अग्राफ़िना अपने–अपने कार्य से बाहर गए हुए थे। अचानक मुझे आँगन से किसी अपरिचित व्यक्ति के आने की आहट सुनाई दी। मैं बाहर आया तो देखा, वास्तव में ही एक अपरिचित व्यक्ति आँगन में खड़ा था। वह ऊँचे क़द का नहीं था। शरदकाल के मौसम में भी डबल ब्रेस्ट का कोट पहने था।

"क्या चाहिए तुम्हें?"

"क्लर्क अलिक्ज़ान्द्रोव यहीं रहते हैं?"

"इस नाम से यहाँ कोई नहीं रहता, बंधु।"

"ऐसा कैसे हो सकता है? उन्होंने तो कहा था वे यहीं रहते हैं," अपरिचित ने सावधानी से द्वार की ओर बढ़ते हुए कहा।

"जाओ बंधु, जाओ।"

दूसरे दिन, दोपहर के भोजन के बाद जब अस्ताफ़ी ईवानोविच ने मेरा कोट लौटाया जो मैंने उसे ठीक करने के लिए दिया था, उस क्षण फिर आँगन में किसी के आने की आहट हुई। मैंने द्वार खोल दिए।

कल वाला अपरिचित मेरी ही आँखों के सामने बहुत ही अधीरता से खूँटे पर टँगे हुए मेरे कोट को अपनी बग़ल में दबोचकर घर से भाग गया। अग्राफ़िना पूरा समय आश्चर्य से उसे मुँह खोले देखती रही। इससे अधिक उसने कुछ नहीं किया। अस्ताफ़ी ईवानोविच उस चोर के पीछे दौड़ा व दस मिनट बाद ही हाँफ़ते हुए ख़ाली हाथ लौट आया। वह ऐसे चम्पत हो गया मानो अंतर्ध्यान हो गया हो।

"बड़े ही दुर्भाग्य की बात है, अस्ताफ़ी ईवानोविच। यह तो अच्छा है कि मेरा ओवरकोट अभी भी मेरे पास है, वरना उस दुर्घटना ने तो मुझे बर्फ़ीले पानी पर ही बैठा दिया था।"

मगर अस्ताफ़ी ईवानोविच पर इस घटना का प्रभाव कुछ बुरा ही पड़ा। अस्ताफ़ी की ओर देखकर मैं यह भूल गया कि मेरा कोट चोरी हो गया है। वह जड़चेतन हो गया। हर थोड़ी देर में वह अपना काम छोड़ देता व बताने लगता कि सब कैसे घटित हुआ, वह जहाँ खड़ा था उससे दो गज की दूरी पर उसकी आँखों के आगे ही कोट चोरी हो गया और फिर चोर उसके हाथों से निकल गया। वह अपने काम में जुट जाता और फिर एक बार बताने लगता, कहाँ? कैसे? अंततः वह द्वारपाल के पास गया व उसे सब बताया। अस्ताफ़ी ने द्वारपाल को दोषी मानते हुए कहा कि उसके होते हुए यह सब हुआ। वापस घर जाकर अग्राफ़िना को फ़टकारने लगा। फिर काम में लग गया और अपने आप से बड़बड़ाता रहा, वही पुरानी कहानी दोहराता रहा और

जाने क्या–क्या। एक शब्द में कहूँ तो अस्ताफ़ी काम करना तो जानता था, पर गहमागहमी भी बहुत करता था।

"हम मूर्ख बन गए, अस्ताफ़ी ईवानोविच," मैंने अस्ताफ़ी को सायंकालीन चाय का कप पकड़ाते हुए कहा, इस आशा से, कि फिर एक बार कहानी प्रारम्भ की जाए तो नीरसता कुछ कम हो, यद्यपि कहानीकार ने उसे इतनी सच्चाई से सुनाया कि सब हास्यास्पद–सा लगा।

"हूं... मूर्ख बना गया श्रीमान, वह भी कोई बाहरवाला! यह निन्दनीय है और मुझे स्वयं पर क्रोध आ रहा है। यद्यपि कोट मेरा नहीं खोया। मेरी दृष्टि में चोर से निकृष्ट इस संसार में कोई नहीं। मुफ़्त की वस्तु ले जाता। वह तो आपकी मेहनत का था, ख़ून–पसीना तो बहाया ही था, समय भी लगाया। कमीना कहीं का, छी! बात करने का मन भी नहीं कर रहा। निन्दनीय है। आप ठीक हैं, श्रीमान? अपने कोट के चोरी होने का दुःख नहीं है आपको?"

"हाँ, सत्य है, अस्ताफ़ी ईवानोविच। चोर को घुसने देने से अच्छा है कि व्यर्थ की वस्तुओं को नष्ट कर दिया जाए।"

"बिल्कुल, दुःख होता है जब अपनी कोई वस्तु चोरी होती है। स्वाभाविक है चोर चोर मौसेरे भाई... एक बार श्रीमान, मेरे साथ ऐसा हुआ, मेरी भेंट एक ईमानदार चोर से हुई।"

"ईमानदार? अरे चोर भी कभी ईमानदार हुए हैं, अस्ताफ़ी ईवानोविच?"

"सत्य कह रहा हूँ, श्रीमान! चोर भी ईमानदार हो सकते हैं, ऐसा कभी नहीं हुआ। मैं केवल यह कहना चाहता था कि मुझे प्रतीत हुआ वह ईमानदार व्यक्ति है, परन्तु वह चोर निकला। उसकी इस मूर्खता पर बहुत दुःख हुआ था मुझे।"

"कैसे हुआ ये सब कुछ, अस्ताफ़ी ईवानोविच?"

"जी श्रीमान, यह लगभग दो वर्ष पहले की बात है। मेरे पास स्थान नहीं था। किसी प्रकार मैं समय व्यतीत कर रहा था, तब एक व्यक्ति से मेरी भेंट हुई जो जीवन से पूर्णतया हताश था। हम साथ–साथ रसोईघर चले आए। एकदम पियक्कड़, ऐय्याश व आवारा था। पहले

कहीं काम करता था वह, परन्तु शराब की लत के कारण उसे काम से निकाल दिया गया। बहुत बदनाम था। ऊपर वाला ही जानता है कैसे उल्टे–सीधे से कपड़े पहनकर घूमता था। कभी–कभी आश्चर्य होता कि अपने मैले कोट के नीचे कमीज़ पहनी भी है या नहीं। जिस वस्तु पर हाथ रख देता, नशे में उड़ा देता। वह झगड़ालू नहीं, विनम्र था, अनुरागी व दयालु। वह किसी वस्तु की इच्छा नहीं करता था। केवल शराब की लत थी बेचारे को। और इसी प्रकार हम मित्र बन गए, या यूँ कहें कि वह मुझसे आसक्त हो गया। मुझे तो कोई अंतर नहीं पड़ता। क्या बताऊँ श्रीमान, क्या व्यक्ति था वह। जैसे स्वामिभक्त कुत्ता अपने स्वामी के पीछे–पीछे पूँछ बना घूमता है, वैसे ही वह मेरी पूँछ बना फिरता था। जीवन में केवल एक बार मिले थे। बालपन था उसका। आरम्भ में उसने रात मेरे साथ व्यतीत करने की इच्छा व्यक्त की। क्या करता? रहने की आज्ञा दे दी क्योंकि पासपोर्ट भी था और वह व्यक्ति भी ठीक ही लगा मुझे। फिर दूसरे दिन भी वह रातभर यहीं रहा। तीसरा दिन भी आया। सारा दिन खिड़की पर बैठकर बिता दिया। इतना होने पर भी, रात वहीं बिताने के लिए रुक गया। मैं सोच रहा था, जोंक की तरह चिपक गया है यह तो। इसे खिलाओ...पिलाओ और उस पर रातभर रुकने भी दो। निर्धन व्यक्ति की दीनता पर दया आ गयी और न चाहते हुए भी मुफ़्तखोर का दायित्व मैंने ले लिया। मुझे ज्ञात हुआ कि मुझसे पहले भी एक बार किसी और के टुकड़ों पर पल रहा था यह। इकट्ठे बैठकर दोनों पीते–पिलाते। एक दिन उसने अधिक पी ली और किसी दारुण दुःख से ईश्वर को प्यारा हो गया। इस पियक्कड़ का नाम ऐमिली था, ऐमिली ईलिच। मैं सोचता रहा, मस्तिष्क पर जोर देता रहा, कि कैसा व्यवहार करूँ। घर से बाहर निकालूँ? तो आत्मा गवाही नहीं देती। दुःख होता है। निराश था वह, बिल्कुल आशाहीन मनुष्य। मैं क्या करता? वह बिल्कुल गुमसुम–सा बैठा ना कुछ पूछता, केवल बैठा रहता व आँखों में देखता, जैसे कुत्ता अपने स्वामी की आँखों में झाँकता है। तात्पर्य यह है कि शराब का नशा कैसे जीवन को व्यर्थ कर देता है। अपने आपसे मैं कह रहा था। उससे कैसे कहूँगा कि ऐमिली, चले जाओ यहाँ

से, अब यहाँ तुम्हारा कोई काम नहीं है। ग़लत स्थान पर आ गए हो तुम। अतिशीघ्र मेरे स्वयं के खाने के लिए भोजन नहीं बचेगा। अपना पेट काटकर मैं कब तक तुम्हें खिलाऊँगा? बैठे–बैठे सोचता रहा कि क्या करूँ व कैसे कहूँ? और मैं बहुत स्पष्ट देख रहा था कि मेरी बात सुनकर कैसे देर तक मुझे देखता रहेगा, बैठा शून्य में निहारता रहेगा जैसे एक शब्द भी समझ नहीं आ रहा हो, और बाद में समझ आने पर खिड़की से गठरी उठाएगा। आगे मैं देख रहा था चार खानेवाली लाल तार–तार हुई गठरी, जिसमें ईश्वर ही जानता है क्या रखा हुआ था जिसे वह जहाँ भी जाता, साथ ले जाता। यहाँ भी ले आया था। फिर फटे–पुराने कोट को पहनकर उस पर पड़ी सलवटें ठीक करेगा, ताकि वह देखने में ठीक–ठाक लगे और गरमाई भी दे। और उसमें झाँकते छिद्र व इधर–उधर जड़े पैबंद कम दिखाई दें। बड़ा ही कोमल है वह। उसके बाद द्वार खोलेगा, बाहर पाँव रखेगा, इधर कपोल पर आँसू बह चलेंगे। ऐसे किसी को नष्ट होने के लिए कैसे छोड़ा जा सकता है? मन दुःखी हो रहा था। ठीक उसी क्षण मैं यह भी सोच रहा था कि मेरा क्या होगा? मुझे पूरा अनुभव था कि मैं भी अच्छी स्थिति में नहीं था। ऐमिली, मैं सोच रहा था कि अब तुम मेरे यहाँ और अन्न नहीं खा पाओगे, शीघ्र ही मैं यहाँ से छोड़कर चला जाऊँगा और तुम मुझे कहीं भी ढूँढ नहीं पाओगे। बस श्रीमान, हम वहाँ से चले आए, उस समय मेरे मालिक, अलेक्सान्द्र फिलीमोनाविच ने मुझसे कहा कि अस्ताफ़ी, मैं तुम्हारे कार्य से अत्यधिक प्रसन्न हूँ। गाँव से जा तो रहा हूँ, तुमको भुला नहीं पाऊँगा। जब भी वापस लौटूँगा, कार्य के लिए तुरंत बुला भेजूँगा। स्वामी बड़े दयालु थे। दुर्भाग्य से उसी वर्ष वो भगवान को प्यारे हो गए। उन्हें देवलोक की प्राप्ति हो।"

"मैंने अपना सामान व जो जमा पूँजी थी, वह सब ली और अपनी एक जानकार वृद्ध महिला के घर चला आया। उसने मुझे अपने कमरे का एक कोना किराए पर दे दिया। वह किसी खाते–पीते परिवार में नर्स के पद पर कार्य करती थी व पेंशन से जीविका चला रही थी। मैं यही सोच रहा था, श्रीमान, आपको क्या लगता है? मैं अपने जानकार

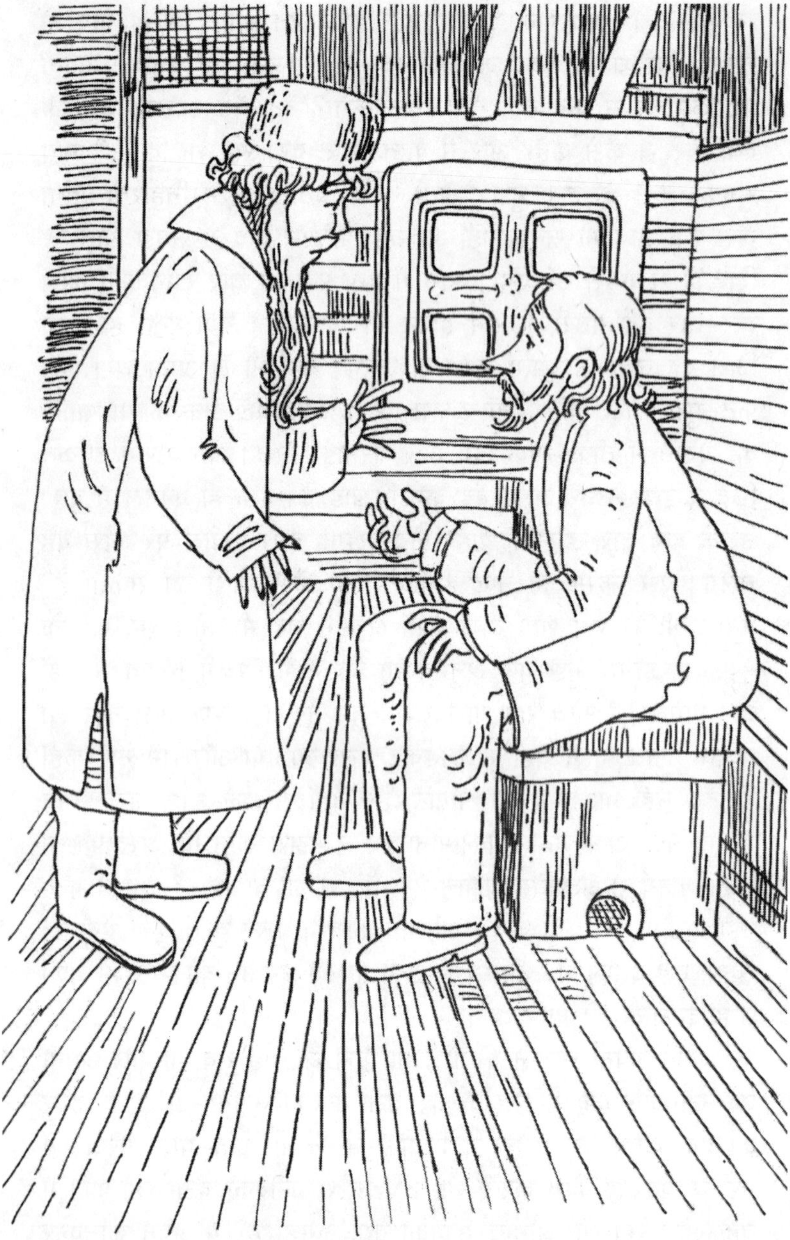

से मिलने गया था व सायंकाल जब लौटा तो देखता हूँ कि ऐमिली मेरी संदूकची पर बैठा था। उसके पास ही चार खानेवाली लाल तार–तार हुई वह गठरी पड़ी थी। वही फटा–पुराना सिलवटें पड़ा कोट उसके शरीर पर चढ़ा हुआ था और वह मेरी प्रतीक्षा कर रहा था। उकताहट से बचने के लिए उसने वृद्ध महिला से धार्मिक पुस्तक ले ली व उसे उल्टा पकड़कर, जाने क्या पढ़ रहा था। यहाँ भी उसे अपने पीछे पहुँचा देख खीज से मैं हाथ पटक रहा था। यही सोच रहा था कि पहले दिन ही धक्का क्यों नहीं दिया? अब और कर भी क्या सकता था? मैंने सीधा उससे पूछा क्या वह अपना पासपोर्ट लाया है?

"बस श्रीमान, मैं फिर गहरे चिंतन में बैठ गया। अंततः यह व्यक्ति है क्या? हाँ आवारा है, पर क्या वह मेरे जीवन में अधिक अशान्ति फैला देगा? चिंतन के बाद निकलकर आया कि संभवतः नहीं। उसे खाने को बहुत तो चाहिए नहीं। सुबह नाश्ते में डबलरोटी, कुछ सुस्वाद बनाने को प्याज़ पर्याप्त रहेगी। दोपहर के भोजन में वही डबलरोटी और प्याज़ बुरी नहीं रहेगी। रात्रि फिर प्याज़ व क्वास (रूसी पेयजल) और आवश्यक हो तो डबलरोटी, और हाँ, बन्दगोभी का सूप कभी मिल जाए साथ में तो हम दोनों तो गले तक भरे रहेंगे। मैं बहुत नहीं खाता और इस पियक्कड़ का काम पीना अधिक, खाना ना के बराबर ही था। उसकी रुचि तो केवल वोदका पीने में है और इसका नशा मुझे एक दिन ले डूबेगा, मैं सोच रहा था, श्रीमान। मस्तिष्क पर एक और बात हावी हो रही थी कि अगर ऐमिली मुझे छोड़कर चला गया तो मैं जीवन में प्रसन्न नहीं रहूँगा। फिर क्या था श्रीमान, मैंने मन बना लिया कि मैं ही ऐमिली का पिता हूँ, शुभचिन्तक हूँ। सोच रहा था कि इसे हर बुराई व विनाश से सुरक्षित रखूँगा। धीरे–धीरे शराब छुड़वा दूँगा इसकी। थोड़ी प्रतीक्षा करो ऐमिली, यहीं मेरे पास रहो, इस बार तुम्हारा नियंत्रण मेरे हाथों में है। मेरे आदेश का पालन करना पड़ेगा।

"मैं बैठा सोच रहा था कि इसे कोई ना कोई काम सिखा दूँगा, अभी नहीं, इस समय ऐमिली सैर–सपाटे से अपना मन बहला ले। इस

दौरान मैं यह प्रयास करता हूँ कि क्या काम उचित रहेगा जिसे ऐमिली सरलता से कर सके। श्रीमान, मैं समझता हूँ प्रत्येक व्यक्ति में कोई ना कोई कार्य करने की क्षमता होती है। ऐमिली भी अवश्य ही कुछ करने योग्य होगा। बस श्रीमान, मैं बिल्कुल चुपचाप छुपकर ऐमिली के हर क्षण का निरीक्षण करने लगा। मैंने उसे बिल्कुल उजड्ड पाया। प्रारम्भ में मैंने बड़ी ही विनम्रता से ऐमिली को अपना ध्यान रखने को कहा। नशे से दूर रहने की सलाह दी, 'अपने को देखो, कैसे चीथड़ों में घूमते रहते हो, और यह कोट, स्पष्ट शब्दों में कहूँ तो छलनी का काम अच्छी तरह करेगा। अरे, कुछ तो शर्म करो। कम से कम अब तो नशे की इस नींद से जाग जाओ।'

"श्रीमान, ऐमिली ने मुझे सुना। मेरा ऐमिली गर्दन झुकाए मुझे सुनता रहा। इतने लम्बे समय के नशे से उसकी जीभ लड़खड़ाने लगी थी और वह शब्दों का उचित उच्चारण नहीं कर सकता था। आप उसे खीरा बोलना सिखाओ, उसका जवाब होता–लोबिया। मुझे शान्ति से सुनता, देर तक सुनता, फिर लम्बी, गहरी साँस ले पछतावा प्रकट करने लगता।

'इतनी लम्बी आह क्यों, ऐमिली?' मैंने पूछा।

'हम्म्...बस ऐसे ही...नहीं, कोई बात नहीं है... अस्ताफ़ी....ईवानोविच.... व्याकुल ना होइए। आज सुबह दो महिलाएँ सड़क पर छीना–झपटी कर रही थीं। एक ने दूसरे से डलिया झपटते हुए अकस्मात ही करौंदे गिरा दिए।'

'तो उसमें क्या हुआ?'

'दूसरी ने क्रोधित होते हुए पहली की डलिया छीन ली व सारे करौंदे गिरा दिए। केवल गिराए ही नहीं अपितु पैरों तले रौंदने भी लगी।'

'तो क्या हुआ, ऐमिली ईलिच?'

'नहीं, कुछ नहीं... अस्ताफ़ी ईवानोविच, मैं तो बस ऐसे ही।'

'कुछ नहीं, सब बस ऐसे ही? मुझे लगता है ऐमिली, मेरे अपने ऐमिली, तुम्हारे नशे व आवारापन ने तुम्हारी मति भ्रष्ट कर दी है...।'

'और एक दिन ताल्लुकदार के हाथों गरोखवा स्ट्रीट या फिर सादवा स्ट्रीट पर कुछ नोट गिर गए। एक व्यक्ति ने देख लिया और बोला, 'मेरा सौभाग्य! तभी दूसरे ने भी देख लिया और बोला, 'नहीं, मेरा सौभाग्य है... तुमसे पहले मैंने देखा था।'

'बहुत हो गया, ऐमिली।'

'और वो दोनों आपस में लड़ पड़े, अस्ताफ़ी ईवानोविच। तभी वहाँ एक सिपाही आ पहुँचा। उसने नोट उठाया व ताल्लुकदार को दिया। फिर उन दोनों को शोर करने के लिए जेल में डालने की धमकी देने लगा।'

'हाँ, तो इसमें इतना अद्‌भुत क्या है, ऐमिली?'

'कुछ नहीं। वहाँ एकत्रित हुई भीड़ हँस रही थी, अस्ताफ़ी ईवानोविच।'

'तुम भी, ऐमिली! भीड़ क्या? अरे, तीन पैसों के लिए अपनी आत्मा तक बेच दी। और मैं कुछ कहूँ तुमसे ऐमिली।'

'हम्म्... अवश्य, क्यों नहीं, अस्ताफ़ी ईवानोविच?'

'तुम कुछ काम करो, प्यारे ऐमिली, सच कहता हूँ। एक बार फिर कह रहा हूँ, अपने ऊपर दया करो। समय आ गया है कोई काम ढूँढो।'

'क्या काम करूँ, अस्ताफ़ी ईवानोविच? मुझे नहीं पता मैं क्या और कैसे करूँ, कौन मुझे काम देगा? आप ही बताइए।'

'इसी कारण...इसी कारण तो तुम्हें नौकरी से निकाल दिया गया. .. ऐमिली, तुम केवल पियक्कड़ बन कर रह गए हो।'

'हाँ, तो वो व्लास को, जो मधुशाला में काम करता है, आज कार्यालय बुलाया था, अस्ताफ़ी ईवानोविच।'

'क्यों बुलाया था उसे?' मैंने पूछा।

'यह मुझे तो नहीं पता। मेरा अर्थ है कि उन्हें उसकी आवश्यकता होगी तभी बुलाया होगा ना, अस्ताफ़ी ईवानोविच।'

"ओह! ऐमिली संग मैं सोच रहा था कि हम दोनों ही डूब जाएँगे। ईश्वर ने हमारे पापों का ही यह दंड दिया है। कोई मुझे बताए ऐसे व्यक्ति के साथ क्या किया जाए। चतुर बहुत है यह व्यक्ति! उसने मुझे सुना, बहुत सुना। जब इस सबसे ऊबने लगता, उस क्षण वह मुझे

अत्यधिक क्रोध में देखता हुआ अपना कोट उठाता और वहाँ से चला जाता। फिर तो वह साँझ तक ईद का चाँद हो जाता। देर शाम को लौटता तो नशे में धुत होता। किसने उसे पिलाई, कहाँ से पैसे आए, केवल ईश्वर ही जानता है, मेरा इसमें कोई दोष नहीं।"

'नहीं ऐमिली, ऐसे नहीं चलेगा। सिर पर मत चढ़ो। बहुत नशा कर लिया...सुना तुमने ऐमिली? नशे का अब अन्त करो। दूसरी बार जो मैंने तुम्हें नशे में देखा तो रात सीढ़ी पर बिताओगे। याद रखना, घर में घुसने नहीं दूँगा।'

"श्रीमान, दंड सुनकर मेरा ऐमिली दो दिन तक घर पर ही रहा। तीसरे दिन वह फिर ग़ायब हो गया। मैं उसकी प्रतीक्षा करता रहा, बड़ी प्रतीक्षा की...मगर वह आता नहीं दिखा। इस बात को स्वीकारता हूँ कि मैं कुछ भयभीत हो गया था, और मन ही मन मुझे उस पर दया आ रही थी यह सोच कर कि मैं क्या कर बैठा। मैंने उसे भयभीत कर दिया संभवतः, मैं सोच रहा था। हे भगवान! कहाँ ग़ायब हो गया यह अभागा?संभवतः मर गया, ईश्वर न करे। रात हो आई, वह नहीं आया। अगली सुबह मैं ड्योढ़ी पर आया। क्या देखता हूँ कि वह वहीं सीढ़ी पर सिर रखकर सो रहा था। सर्दी से उसका शरीर अकड़ गया था।"

'क्या हो गया है तुम्हें ऐमिली? ईश्वर तुम्हारी रक्षा करें। अच्छा, यह बताओ, तुम ग़ायब कहाँ हो गए थे?'

'हम्म्, वो वास्तव में अस्ताफ़ी ईवानोविच, मैंने उस दिन आपको क्रोधित कर दिया था ना, और आपने भी मुझे धमकाया था कि ड्योढ़ी पर ही सोना पड़ेगा मुझे...। केवल इसीलिए आपकी इस बात के बाद मेरा साहस ही नहीं हुआ अन्दर आने का, अस्ताफ़ी ईवानोविच, सो मैं वहीं ड्योढ़ी पर सो गया...'

'अच्छा होगा, ऐमिली, जो तुम कोई दूसरा काम ढूँढ लो। ऐसे सीढ़ियों पर टकटकी लगाए बैठने से क्या मिलेगा?' रोष व करुणा से भरकर मैने कहा।

'कौन–सा दूसरा काम पकड़ लूँ, अस्ताफ़ी ईवानोविच, आप ही बताइए मुझे?'

'ओ मेरी निराश आत्मा, कुछ और नहीं तो कम से कम सिलाई की कला सीख लो। कभी तो आँख उठाकर अपने इस तार–तार हुए कोट को देख लो। इतने रोशनदान कम हैं क्या? अरे, सीढ़ियाँ पोंछने के काम ले रहे हो? अच्छा तो यह होगा कि सुई–धागा लो और अपने कोट को रफू करने में समय लगाओ, और मेरे पियक्कड़ ऐमिली, ऐसा करने से कोट के कुछ तो भाग्य खुलेंगे।'

"आप क्या सोचते हैं, श्रीमान, उसने वास्तव में ही सुई उठा ली। मैंने तो उससे मज़ाक किया था, वो भयभीत हो गया व झट से सुई पकड़ बैठा। कोट उतारकर एक ओर किया व सुई में धागा पिरोने बैठ गया। मैं उसकी ओर देख रहा था। जैसा कि मैं जानता था, उसकी आँखों में पानी भर–भर आ रहा था, हाथ काँप रहे थे...व आँखे लाल हो गईं। बहुत प्रयास किया धागा पिरोने का, मगर धागा था कि डलता ही नहीं था...गीला किया धागे को, उँगलियों से बल दिए और सपाट किया... फिर पिरोया, नहीं, धागा नहीं गया, सुई–धागा गुस्से से परे फेंका व मेरी ओर देखने लगा

'ऐमिली, बड़ी ही कृपा की है तुमने मुझपर। तुम यदि लोगों के सामने होते, मेरा सिर अवश्य शर्म से झुका दिया होता! अरे मूर्ख, तुम्हारे जैसे सरल व्यक्ति से मैंने ठिठोली की थी। मै केवल उलाहना दे रहा था...अब यह सिलाई का किस्सा छोड़ो, ईश्वर तुम्हें हर अपराध से दूर रखें। ऐसे ही बैठे रहो, केवल निर्लज्जता छोड़ दो। और हाँ, सीढ़ियों पर रात बिता कर मुझे लज्जित मत करो।'

'तो फिर मैं क्या करूँ, अस्ताफ़ी ईवानोविच? मैं स्वयं अच्छी प्रकार से जानता हूँ कि मैं पियक्कड़ हूँ व हर कार्य के लिए अयोग्य हूँ। मैं अपने ह्रदय में केवल आपको अपना श्श...शु...भ...शुभ–चिन्तक मानता हूँ...'

"तभी उसके नीले पड़े होंठ अचानक काँपने लगे, सफ़ेद कपोल पर एक आँसू ऐसे लुढ़क पड़ा मानो अपनी व्याकुलता दाढ़ी पर लुढ़क कर जता रहा हो। एक के बाद दूसरा, फिर और एक आँसू... फिर क्या था अचानक आँसुओं की फुहार उमड़ पड़ी व अंजलि भर–भरकर बौछार पड़ने लगी मेरे ऐमिली पर...मेरे ईश्वर! जैसे किसी ने मेरे ह्रदय

को चाकू से चीर दिया हो। "हाय राम! मैंने सपने में भी नहीं सोचा था कि वह इतना भावुक होगा! कौन जानता था, कोई भी यह अनुमान नहीं लगा सकता था...नहीं ऐमिली, मैंने सोचा, मैं ही हाथ खड़े कर देता हूँ फिर। वृक्ष की शाखा जैसे गिरकर अलग हो जाती है, तुम भी अपने मन की करो...

"श्रीमान, और इसके आगे सुनाने को क्या रखा है? सारा क़िस्सा ही इतना खोखला था, तुच्छ था कि शब्दों का भी उपहास होगा। मेरे कहने का तात्पर्य है कि मेरे स्थान पर आप होते श्रीमान, तो खोटे दो कोपेक भी नहीं देते। मैंने तो फिर भी बहुत कर दिया। अगर जो मेरे पास बहुत कुछ होता तो यह सब नहीं होता। श्रीमान, मेरे पास नीले रंग की एक चार खाने वाली पतलून थी, बड़ी ही अच्छी व सुंदर। हमारे यहाँ आए एक धनी ज़मींदार ने उसे निश्चित किया था। बाद में उसने मेरे लिए यह कहकर उसे छोड़ दिया कि वह उसके लिए तंग है। केवल पतलून मेरे हाथ में यूँही टँगी रह गई।

"मैं सोच रहा था बहुत बहुमूल्य पतलून होगी। कबाड़ी बाज़ार में पाँच रूबल तो मिल ही जाएँगे, नहीं तो मैं इसमें से काटकर दो पतलून बनाकर पीटर्सबर्ग में बेच दूँगा। और तो और, जो बचेगा उससे अपने लिए वेस्टकोट बना लूँगा। निर्धन के लिए तो श्रीमान वो भी बहुत है। उन दिनों ऐमिली बहुत ही कठिन व निराशाजनक समय से निकल रहा था। मैंने देखा कि एक दिन नहीं पी, दूसरे दिन नहीं पी, तीसरे दिन, उसने शराब की एक बूँद भी नहीं पी। वह बिल्कुल स्तब्ध, दुःखी व हताश बैठा था। उसे देख बहुत दुःख हुआ। फिर सोचा या तो ऐमिली की जेब ख़ाली है, या फिर ईश्वर की कृपा से यह सही मार्ग पर चल दिया है।

"श्रीमान, जैसा सब घटा वैसा ही मैंने आपको सुना दिया। कुछ दिन बाद ही बहुत बड़ा त्योहार आया। मैं सायंकालीन प्रार्थना के लिए गिरिजाघर चला गया। लौटा, तो देखा मेरा ऐमिली खिड़की पर बैठा है, नाक तक पिए हुए इधर–उधर लड़खड़ा रहा था। उसे लड़खड़ाते देख मैं सोच रहा था, अच्छा, तो यह गुल खिलाना था इसे...। पतलून के लिए मैं संदूक की ओर बढ़ा। देखकर अचरज में पड़ गया। पतलून

संदूक में थी ही नहीं। मैं पैर पटकता रहा, कहाँ खो गई? सब कुछ खोद डाला किन्तु पतलून कहीं नहीं दिखाई दे रही थी। ऐसा प्रतीत हुआ मानो किसी ने हृदय के टुकड़े कर दिए हों। मैं उसी क्षण वृद्धा के पास दौडकर गया। उसे ही अपराधी मानकर दोष देता रहा, हालाँकि ऐमिली का इस तरह पीकर झूमना ही अपने आपमें बहुत बड़ा प्रमाण था, मेरा मन फिर भी यह मानने को तैयार नहीं हुआ।"

'नहीं,' वृद्धा बोली, 'ईश्वर आपका कल्याण करे, श्रीमान! आप ही बताइए, मेरे किस काम की थी आपकी पतलून? अरे, मेरी स्वयं की स्कर्ट कुछ दिनों से ग़ायब है...जब से आपका यह 'अपना' आया है न, तब से ही खो रहे हैं...अर्थात्... मैं नहीं जानती...मैंने नहीं देखा...।'

'कोई आया था यहाँ,' मैंने पूछा, 'कौन आया था?'

'कोई नहीं आया था, मेरा मित्र भी नहीं। मैं पूरा समय यहीं थी घर पर। हाँ, ऐमिली ईलिच कुछ देर के लिए बाहर गया था, परंतु शीघ्र ही लौट आया। वहाँ बैठा है। उसी से ये सब पूछो न।'

"ऐमिली से पूछा, 'तुम्हें कोई आवश्यकता तो नहीं पड़ी मेरी नई पतलून लेने की, वही जो ज़मींदार साहब ने बनवाई थी?'

'नहीं, अस्ताफ़ी ईवानोविच, मैंने तो नहीं ली।'

"ऐसे कहाँ चली गई, मैं सोच रहा था। फिर से ढूँढने में जुट गया। इधर–उधर देखा, मगर कहीं नहीं मिली और ऐमिली अपने संसार में मग्न, खिड़की पर बैठा झूम रहा था। श्रीमान, मैं ऐमिली के सामने सन्दूक के पास बैठ गया। तभी मैंने ऐमिली को कनखियों से देखा। उसे देखते ही मुझे आभास हो गया। मैं सोच रहा था, कितना मूर्ख हूँ मैं! यह सोचते ही मेरा हृदय मानो राख़ हो गया हो, चेहरा तक क्रोध में तमतमा उठा।

तभी अचानक ऐमिली ने भी मेरी ओर देखा, 'नहीं, नहीं, अस्ताफ़ी ईवानोविच, संभवतः आप सोच रहे होंगे कि मैंने...आप समझ ही गए होंगे, मेरे कहने का तात्पर्य है कि मैंने आपकी पतलून नहीं ली।'

'तो फिर कहाँ जा सकती है मेरी पतलून, तुम्हीं बताओ, ऐमिली ईलिच?'

'मैंने तो बिल्कुल भी नहीं देखी, अस्ताफ़ी ईवानोविच।'

'सही कहा, ऐमिली ईलिच। कहने का तात्पर्य यह हुआ कि मेरी पतलून अपने–आप उठी और ग़ायब हो गई?'

'हो सकता है, अस्ताफ़ी ईवानोविच, वो अपने–आप ही ग़ायब हो गई हो।'

"मैंने जैसे उसे सुना, और प्रश्न किए बिना खिड़की की ओर आकर लालटेन जलाई व अपना सिलाई का काम करने बैठ गया। उसने मेरे नीचे वाले तल पर रह रहे सरकारी क्लर्क की बण्डी की नए सिरे से मरम्मत करने का काम लिया हुआ था। मैं स्वयं बहुत क्रोधित हो रहा था व सीने में कहीं दुःख भी पनप गया था। संभवतः इसे व्यवहार में लाना मेरे लिए बहुत सरल हो जाता जो मेरी पूरी अलमारी भी जलकर राख हो गई होती। ऐमिली थोड़ा भावुक हो रहा था यह जानकर कि मैं बहुत क्रोधित हूँ।

"ऐसा ही होता है, श्रीमान, जब किसी को अपने अपराध का बोध होता है। वह दूर से ही परेशानी भाँप लेता है, बिल्कुल वैसे ही जैसे तूफ़ान आने से पहले आकाश में उड़ते पक्षी को आहट हो जाती है।"

'और आप जानते हैं, अस्ताफ़ी ईवानोविच,' "ऐमिली बोला (उसकी आवाज़ काँप रही थी)," 'आज ऑन्तीप प्रोखरिच, अरे वही चिकित्सक, आज उसने उस विधवा से विवाह कर लिया है।'

"मैंने उसकी ओर देखा। संभवतः आवश्यकता से अधिक क्रोध से देखा, जिसे वह समझ गया। देखता हूँ, वह उठकर चारपाई की ओर बढ़ा और उसके निकट आकर ढूँढने लगा। अपने आपसे बड़बड़ा रहा था, 'नहीं, यहाँ भी नहीं है। कहाँ जा सकती है? दुष्ट जाने कहाँ खो गई!' "मेरी समझ से बाहर था ये सब; तभी देखता हूँ, वह चारपाई के नीचे उकड़ूं बैठ गया। मैं अब और सहन नहीं कर पाया।

'कहो, ऐमिली ईलिच,' मैंने पूछा, 'क्या कहना चाहते हो? यह उकड़ूं क्यों बैठ गए?'

'मैं केवल यही देख रहा था, अस्ताफ़ी ईवानोविच, हो सकता है वह यहाँ पड़ी हो।'

'परंतु आप इतना कष्ट क्यों उठा रहे हैं, श्रीमान?' मैंने बड़े ही क्षोभ के साथ कहा। 'क्या आवश्यकता है आपको, मेरे जैसे निर्धन के लिए, इस तुच्छ के लिए, आप बीच में क्यों पड़ते हैं, अकारण ही, आप क्यों व्याकुल हो रहे हैं इतना?'

'नहीं, वो बस, अस्ताफ़ी ईवानोविच, मैं तो...कुछ नहीं, केवल...यही देख रहा था, संभवतः ढूँढने से इधर–उधर कहीं मिल जाए।'

'हम्म्... इधर सुनो मुझे, ऐमिली ईलिच!'

'क्या हुआ, कहिए, अस्ताफ़ी ईवानोविच?'

'तुमने ही मेरी पतलून चुराई है ना?'

"जैसे वह चोर व ठग जो मेरी ही रोटी–नमक के लिए मुझपर ही एहसान जता रहा था। मेरे क्रोधित होने का तात्पर्य यह है, श्रीमान, कि उसे क्या आवश्यकता थी वह मेरे लिए कष्ट उठाए?"

'नहीं, नहीं... अस्ताफ़ी ईवानोविच।'

"वह चारपाई के नीचे जैसा औंधे मुँह पड़ा था, वैसे ही पड़ा रहा। देर तक पड़ा रहा; फिर बाहर निकला। देखता हूँ कि एकदम स्पष्ट दिखाई पड़ रहा था, बिल्कुल सफ़ेद चादर–सा। खिड़की पर मेरे पास आकर बैठ गया।"

'नहीं, अस्ताफ़ी ईवानोविच।'

"अचानक वह उठ खड़ा हुआ व मेरे समीप आ गया। मैं क्या देखता हूँ? पाप से भी अधिक भयानक आँखें दिख रहीं थीं मुझे।"

'अस्ताफ़ी ईवानोविच, मेरी इच्छा नहीं थी आपकी पतलून चुराने की।'

"वह सिर से पाँव तक काँप रहा था, ललकारते हुए अपने सीने की ओर उँगली कर रहा था, और स्वर तो उसका ऐसे काँप रहा था, श्रीमान, कि मैं स्वयं घबराकर वहीं खिड़की से मानो चिपक गया।"

'ठीक है, ऐमिली ईलिच, जैसा तुम चाहो। मुझे क्षमा करना। मैं ही मूर्ख ठहरा। मैंने तुम्हें झिड़क दिया, आक्षेप लगाए, पतलून को मारो गोली, जाने दो उसे, उसके बिना भी जीवन चल जाएगा...भगवान का धन्यवाद है, हाथ हैं हमारे पास, चोरी करके नहीं जियेंगे और बाहर जा कर किसी निर्धन अपरिचित व्यक्ति से भिक्षा नहीं माँगेगे; दो समय का भोजन तो अर्जित कर ही लेंगे।'

“ऐमिली मुझे सुनता रहा, मेरे सामने देर तक खड़ा रहा, फिर देखता हूँ, बैठ गया। बस ऐसे ही बैठे–बैठे साँझ तक समय बिता दिया, टस से मस नहीं हुआ; मेरी भी नींद अब उखड़ चुकी थी व ऐमिली ज्यों का त्यों बैठा हुआ था। सवेरे देखा, नंगे फ़र्श पर ऐमिली अपने उसी फटे–पुराने कोट में गठरी बना लेटा हुआ है। अपने अपमान का इतना गहरा सदमा लगा कि रात चारपाई पर भी बिताने का मन नहीं किया। बस श्रीमान, उसी क्षण से वह व्यक्ति मुझे बिल्कुल नहीं सुहाता था। अपितु पहले ही दिन से मुझे उससे घृणा थी। मुझे ऐसा आभास हो रहा था जैसे मेरे अपने ही बेटे ने मुझे लूट लिया हो व अपने ही रक्त ने अपमानित किया हो। मैं सोच रहा था और ऐमिली तो श्रीमान दो सप्ताह की मौज–मस्ती करने चला गया। कहने का तात्पर्य है कि सुबह से रात तक पाशविक नशे में डूब गया। सवेरे निकल जाता, देर रात घर लौटता। पूरे दो सप्ताह तक एक भी शब्द उसके मुँह से सुनने को नहीं मिला। मानो दुःख ने उसे मार दिया या फिर अपने अंतिम समय की प्रतीक्षा कर रहा हो। अन्ततः उसने पीना छोड़ दिया, संभवतः शराब के लिए फूटी कौड़ी भी शेष नहीं रह गई थी। वह फिर खिड़की पर आकर बैठ गया। मुझे याद है इसी प्रकार बैठे–बैठे पूरे तीन दिन निकाल दिए बिना एक शब्द कहे। अचानक, देखता हूँ वह व्यक्ति रो रहा है। रो क्या रहा था केवल आँखों से आँसू के फ़व्वारे छूट रहे थे और वह ऐसे बैठा था जैसे आँसू उसकी आँखों से नहीं बह रहे। और कितना कठिन है श्रीमान, यह देखना कि इतना बड़ा व्यक्ति, वह भी ऐमिली जैसा वृद्ध दुःख–दर्द में रोए।”

‘अरे, क्या रे ऐमिली?’ मैंने कहा।

“वह केवल सिर से पाँव तक काँपता रहा। और मैंने तो उस दिन के बाद आज पहली बार ही उससे बात की थी।”

‘कुछ नहीं, अस्ताफ़ी ईवानोविच।’

‘भगवान तुम्हारी रक्षा करें ऐमिली। जो खो गया, सो खो गया। अब इस बात को दिल से क्यों लगाते हो?’ उसे इस दशा में देखकर बड़ा दुःख हो रहा था।

'मैं ... वो बात नहीं है, अस्ताफ़ी ईवानोविच। मैं कुछ काम करना चाहता हूँ।'

'किस प्रकार का काम, ऐमिली?'

'कोई भी काम चलेगा। संभवतः जो नौकरी मैं पहले करता था, उसके लिए मैं अपने पहले मालिक से भी मिला था। आपको क्रोधित करना मुझे बिल्कुल भी अच्छा नहीं लगता। मैं, अस्ताफ़ी ईवानोविच, कोई न कोई काम अवश्य ढूँढ लूँगा व आज तक जो आपने मेरे लिए किया है, वह सब लौटा दूँगा।'

'नहीं, ऐमिली, नहीं। अच्छा चलो, यूँ मान लो, तुमसे एक पाप हो गया। जो हुआ बहुत हुआ, अब यह सब भूल जाओ। उस सबको शैतान अपने संग ले जाये। चलो हम सब फिर पहले की तरह ही रहेंगे, जैसे कभी कुछ हुआ ही नहीं था।'

'नहीं, अस्ताफ़ी ईवानोविच, संभवतः आप वही संकेत कर रहे हैं, पर मैंने आपकी पतलून नहीं ली है।'

'जैसी तुम्हारी इच्छा, ऐमिली। ईश्वर तुम्हारी रक्षा करे।'

'नहीं, अस्ताफ़ी ईवानोविच। स्पष्ट रूप से अब आपके साथ नहीं रह सकता हूँ। आप मुझे क्षमा करें।'

'ईश्वर तुम्हारे साथ है। बताओ, कौन तुम्हारा अपराधी है? क्या मैं तुम्हें बेघर कर रहा हूँ?'

'नहीं, यह बात नहीं है। मुझे जाना ही होगा, अस्ताफ़ी ईवानोविच।'

"इसका अर्थ यह है कि वह दुःखी हो गया। यह बात उसके मस्तिष्क में बैठ गई थी। मैंने उसे वास्तव में ही उठकर खड़े होते देखा। अपने कंधों पर उसने वही फटा–पुराना कोट भी डाल लिया।"

'कहाँ जा रहे हो, ऐमिली? अपनी बुद्धि व विवेक को सुनो। क्या कर रहे हो तुम? अंत में जाओगे कहाँ?'

'नहीं, नहीं, अब विदा लेता हूँ, अस्ताफ़ी ईवानोविच। मुझे अब और नहीं रोकिए। मुझे प्रायश्चित करना होगा। और आप भी अब वैसे नहीं रहे।'

'कैसा नहीं रहा? तात्पर्य क्या है? वैसा नहीं रहा! अरे छोटे बालक जैसा आचरण है तुम्हारा, निरे मूर्ख। जीवित नहीं बचोगे अकेले, ऐमिली।'

'नहीं, अस्ताफ़ी ईवानोविच। इसी को लो। अभी आप बाहर जाओगे और सन्दूक में ताला लगा जाओगे और मैं उसे देखकर रोऊँगा। नहीं, नहीं... अच्छा यही होगा आप मुझे जाने दें। मुझे क्षमा कीजिए, जो मैंने आपको यहाँ साथ रहते हुए किसी भी बात से कष्ट पहुँचाया हो।'

"क्या होना था, श्रीमान? वह चला गया। दिनभर उसकी प्रतीक्षा करता रहा, सोचा साँझ तक वापस आ जाएगा, नहीं आया। दूसरे दिन नहीं लौटा...तीसरे दिन भी नहीं। मैं भयभीत हो गया। गहरी उदासी ने मुझे घेर लिया। न खाना सूझता था, न पीना और ना नींद थी आँखों में। बिल्कुल ही निर्बल कर गया मुझे। चौथे दिन उठा व बाहर निकल पड़ा, आस–पास के हर छोटे–बड़े भोजनालय में झाँकता और पूछता कि किसी ने उसे देखा हो, परंतु नहीं, मेरा ऐमिली कहीं ग़ायब हो गया। अपने किए को भुगतना तो पड़ेगा ही। मैं सोच रहा था, कहीं किसी चारदीवारी में मर तो नहीं गया पियक्कड़, और अब मूर्ख सड़ रहा होगा कहीं। मैं जीवित न मृत घर लौट आया। दूसरे दिन फिर उसको ढूँढने जाना था। मैं स्वयं को धिक्कारता रहा, क्यों उसे जाने दिया? वह मूर्ख अपनी इच्छा से तो नहीं गया मुझे छोड़कर। पाँचवें दिन ऊषाकाल में दरवाज़े की चरमराहट सुनाई दी। अवकाश का दिन था। देखता हूँ, ऐमिली घर में प्रवेश कर रहा था। एकदम नीला पड़ गया था व बाल कीचड़ में लिप्त थे, जैसे सड़क पर सोया हो। सिर से पाँव तक सुई जैसा सूख गया था। अपना कोट पटक कर सन्दूक पर बैठ गया और मुझे देखने लगा। मैं बहुत प्रसन्न हुआ, परंतु साथ ही मेरा दुःख भी दुगुना हो गया। जो था, सामने था। मैं सोच रहा था, अगर मैं ऐसे छोड़ कर चला गया होता, तो वहीं मर जाता परंतु लौटकर घर न आता। ऐमिली लौट आया। किसी भी व्यक्ति को इस दशा में देखकर मन व्यथित होना स्वाभाविक है। मैं उसे दुलारने लगा, पुचकारता रहा, सांत्वना देता रहा।"

'मुझे प्रसन्नता हुई कि तुम लौट आए। अगर और कुछ देर कर देते आज तो मैं तुम्हें ढूँढने निकल पड़ता। तुमने कुछ खाया है या नहीं?'

'खा लिया, अस्ताफ़ी ईवानोविच।'

'पेट भर खाया? लो बन्धु, यह कल का थोड़ा–सा सूप बचा है बन्दगोभी का। इसमें माँस भी है, केवल पत्तागोभी ही नहीं है, साथ के लिए रोटी व कुछ प्याज़ भी है। चलो, अब खा लो। कह रहा हूँ, तुम्हारे स्वास्थ्य के लिए अच्छा रहेगा यह।'

"भोजन तो परोस दिया मैंने। खाने के लिए उसके उतावलेपन को देखकर यही प्रतीत हुआ कि उसने पिछले तीन दिनों से अन्न का एक दाना भी ग्रहण नहीं किया होगा। इसका यही अर्थ है कि उसकी यह भूख़ ही उसे मेरे पास वापस लाई है, मैंने सोचा। उसकी यह विवशता मेरे हृदय को गहराई तक छू गई। मैं शीघ्रता से जाकर पास की दुकान से वोदका ले आया। ऐमिली से कहा, 'आओ ऐमिली हम मिलकर एक–दूसरे के अच्छे स्वास्थ्य के लिए वोदका पिएँ और उत्सव का आनंद उठाएँ।'

"देखता हूँ, ललचाए हाथ आगे बढ़ते हैं, मुँह तक जाते हैं, फिर छोड़ देते हैं... फिर एक बार वोदका उठाई, मुँह तक ले गया, अपनी आस्तीन पर भी थोड़ी गिरा ली। और बस वोदका वापस रख दी।"

'क्या हुआ, ऐमिली?'

'नहीं, मैं नहीं पिऊँगा, अस्ताफ़ी ईवानोविच।'

'तुम नहीं पी रहे हो?'

'हाँ मैं, अस्ताफ़ी ईवानोविच, बस अब... और नहीं पिऊँगा।'

'अच्छा तो तुमने ना पीने का मन बना लिया है, या केवल आज नहीं पिओगे?'

"कोई उत्तर नहीं दिया उसने। कुछ क्षण बाद देखता हूँ, अपनी बाँह पर सिर रख दिया।"

'क्या हुआ, स्वास्थ्य तो ठीक है ना, ऐमिली?'

'हम्म्...स्वास्थ्य कुछ ठीक नहीं लग रहा, अस्ताफ़ी ईवानोविच।'

"मैंने उसे उठाया व बिस्तर पर लिटा दिया। उसका दुबलापन सच कह रहा था...माथा तप रहा था, और वह स्वयं भी ज्वर से काँप रहा था। मैं पूरा दिन उसके पास बैठा रहा। साँझ तक उसका स्वास्थ्य और

बिगड़ गया। मैं उसके लिए जौ का पेयजल बना लाया। उसमें मक्खन, प्याज़ डाली व ऊपर से रोटी भी डाल कर लाया। उसे खाने के लिए दिया और कहा कि सम्भवतः वह अच्छा अनुभव करेगा।

"सिर हिलाते हुए कहने लगा, 'नहीं, मैं आज रात का भोजन नहीं करूँगा, अस्ताफ़ी ईवानोविच।'

"उसके लिए चाय बनवाई, अब तक वृद्धा भी बहुत थक चुकी थी। उसने वह भी नहीं ली। किसी भी प्रकार वह अच्छा अनुभव नहीं कर रहा था। स्थिति ठीक नहीं लगी सो मैं तीसरी सुबह चिकित्सक के पास गया। चिकित्सक मेरे परिचित थे और मेरा भी उपचार किया था जब मैं दूसरे स्थान पर रहता था। चिकित्सक ने आकर ऐमिली की जाँच की व कहा, 'मुझे बुलाने में देर कर दी है, अब कुछ नहीं बचा है इसमें। हाँ परंतु, मैं एक चूर्ण लिख रहा हूँ, वो अवश्य दे दो।'

"ख़ैर, मैंने कोई चूर्ण नहीं दिया, क्योंकि मैं समझ गया था कि चिकित्सक भी केवल समय गँवा रहे थे। इस बीच पाँचवां दिन भी आ गया था। वह प्रत्येक क्षण मेरे सामने मर रहा था, श्रीमान। मैं खिड़की पर बैठा काम कर रहा था व वृद्धा गैस जला रही थी। सभी चुप थे। और मेरा हृदय इस दुष्ट के लिए फटा जा रहा था, बिल्कुल वैसे मानो अपने ही बेटे को दफ़न कर रहा हूँ। मैं जानता हूँ सुबह से ऐमिली मुझे निरन्तर देखे जा रहा था, जैसे कुछ कहना चाहता हो परंतु साहस नहीं कर पा रहा हो। अंततः मैंने उसे देखा, उसकी आँखों में एक विचित्र–सी प्रतीक्षा दिख रही थी। आँखें क्षण भर भी तो नहीं हटा रहा था। मेरी आँखों से मिलते ही उसकी आँखें झुक जातीं।"

'अस्ताफ़ी ईवानोविच...।'

'कुछ कहना चाहते हो, ऐमिली?'

'यदि पुराने कपड़ों के बाज़ार में मेरा यह कोट बेचा जाए तो अधिक से अधिक कितने पैसे मिलेंगे, अस्ताफ़ी ईवानोविच?'

'हम्म्...ठीक प्रकार से तो मुझे भी पता नहीं, किंतु हाँ, तीन रुबल तो मिल ही जाएँगे, ऐमिली।'

"उस सरल व्यक्ति का मन रखने के लिए मैंने ऐसे ही कह दिया। वास्तविकता तो यह थी कि इतना फटा–पुराना, तार–तार हुआ कोट उस बाज़ार में मेरे उपहास का कारण बनकर रह जाता।"

'और मैं तो सोच रहा था, अस्ताफ़ी ईवानोविच, तीन रुबल से अधिक ही मिलते इसके लिए। बनात का बना हुआ है, अस्ताफ़ी ईवानोविच। केवल तीन रुबल...कैसे सोच सकते हैं ऐसे मोटे ऊनी कपड़े के लिए?'

'मैं नहीं जानता सही मूल्य, मैं तो केवल अनुमान लगा रहा हूँ, ऐमिली। तुम यदि बाज़ार में ले जाकर प्रयास करना चाहो तो कर सकते हो, मगर पहली बार में तीन रुबल ही माँगना।'

"कुछ देर ऐमिली ने चुप्पी धारण कर ली। कुछ समय बाद फिर से पुकारा, 'अस्ताफ़ी ईवानोविच!'

'हाँ! कहो, ऐमिली?'

'मेरी मृत्यु के बाद आप यह कोट बेच देना। मुझे इसके साथ दफ़न नहीं करना। मैं इसके बिना भी आराम से रहूँगा। कोट बहुमूल्य है...आपके लिए उपयोगी हो सकता है।'

"यह सुनकर, श्रीमान, मेरा हृदय जो लहुलुहान हुआ, उसे शब्दों में कहना बहुत कठिन है। अपनी ही आँखों से देख रहा था कैसे मृत्यु से पहले निराशा गहराती जा रही थी। एक बार फिर सबने चुप्पी साध ली। ऐसे ही लगभग एक घंटा बीत गया। मैंने फिर दोबारा ऐमिली की ओर देखा। वह अब भी मुझे ही देख रहा था। जैसे ही उसकी आँखें मेरी आँखों से मिलीं, उसने फिर अपनी आँखें झुका लीं।"

'तुम पानी पीना चाहते हो, ऐमिली?'

'अवश्य! ईश्वर आपकी सदा रक्षा करेगा, अस्ताफ़ी ईवानोविच।'

"मैंने उसे पीने को पानी दिया। उसने एक घूँट पी लिया।"

'आपका बहुत–बहुत धन्यवाद।'

'और कुछ चाहिए, ऐमिली?'

'नहीं, अस्ताफ़ी ईवानोविच, और किसी वस्तु की आवश्यकता नहीं है, और मैं, वो...'

'क्या कुछ कहना चाहते हो?'

'आप जानते हैं, कि...'

'कहो ऐमिली, क्या चाहिए तुम्हें?'

'वह पतलून...आप जानते हैं...उस दिन आपकी वह पतलून मैं ही ले गया था, अस्ताफ़ी ईवानोविच।'

'कोई बात नहीं, ईश्वर तुम्हें क्षमा कर देंगे, ऐमिली, बेचारे व प्यारे ऐमिली। सुकून से वैकुंठवासी होना ऐमिली।'

"और श्रीमान, उसका हृदय जैसे सन्न रह गया व आँखों से आँसुओं की बौछार ने उसे भिगो दिया। मैं एक क्षण के लिए उससे दूर हो गया।"

'अस्ताफ़ी ईवानोविच...'

"देखता हूँ, ऐमिली और भी कुछ कहना चाहता था, ऊपर उठने का प्रयास किया व होंठों से कुछ बुदबुदाने का प्रयास भी किया। अचानक सिर से पाँव तक लाल हो गया। वह अब भी मुझे ही देख रहा था। अचानक देखता हूँ, पीला पड़ने लगा, और पीला पड़ता गया। अगले ही क्षण वह गिर गया। सिर पीछे की ओर झुक गया, उसने अंतिम साँस ली व अपनी आत्मा ईश्वर को समर्पित कर दी।"

2

श्वान

यूरी बोन्दारेव

सारी रात बिना सपनों के यूँ ही करवटें बदलता रहा, सिर के नीचे पहले ही से मुड़े हुए तकिए को दबोचता रहा, मिमियाता रहा, दाँत किसकिसाता रहा मानो दाँतों में दर्द हो। आज दिन में जो कुछ घटा, उसे भुला नहीं पा रहा था। जो पाप आज हुआ है उसका कटु अहसास उसके मस्तिष्क से किसी भी प्रकार कम नहीं हो रहा था। घटना की हूबहू तस्वीर उसकी आँखों के सामने निरन्तर चल रही थी।

सूरज प्रचण्ड था। मार्च का महीना, शनिवार का गर्म दिन मॉस्को को उल्लसित कर रहा था। हर स्थान पर बर्फ़ पिघल रही थी, पार्क में सूखी व कच्ची पगडण्डियाँ धुँधली–सी दिख रहीं थीं। सभी ताल–तलैये दर्पण के समान प्रतिबिम्बित होकर झिलमिला रहे थे। अनगिनत लोग वसन्त ऋतु का आनन्द उठा रहे थे। गाड़ी में भी गर्मी बहुत लग रही थी। सूरज की तपिश सीधे बोनट के सामने वाले शीशे पर पड़ रही थी। वसन्त आगमन की अनुभूति उसे भी हो रही थी पर इस बात की प्रसन्नता थी कि मॉस्को राजमार्ग से होते हुए तकरीबन 40 मिनट बाद वह अपनी पत्नी व दोनों बच्चों के पास होगा जो एक सप्ताह पहले ही उपनगरीय विश्राम गृह में छुट्टियाँ मनाने गए थे।

चौराहे तक कोलाहल, टायरों की सरसराहट व चौंधिया देने वाली धूप की चमक, मोड़ से समानान्तर मार्ग पर पहुँचते ही एकदम शान्त हो जाती है। कोई उतावलापन ना करते हुए वह विस्तृत ताल–तलैयों से होते हुए निकला। मार्ग में कंचन बर्फ़ की ढेरियों को पीछे छोड़ते हुए, सड़क किनारे खड़ी गाड़ियों पर पड़े कीचड़ के दाग़–धब्बों के पास से निकलते हुए, उन कियोस्क के पास से निकलकर गया जिनके शोकेस के काँच धूप की किरणों से झिलमिला रहे थे। वह पगडण्डी पर आते–जाते राहगीरों के पास से निकल गया।

आगे कुछ दूरी पर सड़क के किनारे जैक की सहायता से एक गाड़ी उठी हुई थी। एक व्यक्ति बिना कोट और टोपी के, सलेटी रंग की जैकेट पहने, गाड़ी के पहिए के पेंच रिंच की सहायता से कस रहा था। उसे देख उसका हृदय प्रसन्नता से फिर कह उठा, "वास्तव में वसन्त ऋतु ने दस्तक दे दी है।"

अभी वह यह सोच ही रहा था कि उसका ध्यान एक नन्हें श्वान की ओर गया जो अचानक उस गाड़ी के पास दिखाई दिया। श्वान अचानक उसी पहिए के नीचे से उछलकर भागा। उसका रंग गहरा भूरा था। वह पैने मुँह का फुर्तीला श्वान था। छलाँग लगाते हुए वह सीधे सड़क पर दौड़ती उसकी गाड़ी की ओर लपका।

गाड़ी की गति बहुत अधिक नहीं थी। उसने बड़ी तेजी से ब्रेक लगाने की चेष्टा की, किन्तु ब्रेक नहीं लगा पाया। गाड़ी बर्फ़ पर दौड़ रही थी। उसी पल श्वान गाड़ी की ओर खेल में भौंकते हुए बढ़ा। पलक झपकते ही वह रेडियेटर के नीचे दौड़ गया। तभी गाड़ी के नीचे से किकियाने की आवाज़ें आईं। लगा गाड़ी मानो किसी कठोर वस्तु के ऊपर से निकलकर कुछ ऊपर भी उठ गई हो। उसने पसीना–पसीना होते हुए एक बार फिर पूरी शक्ति से ब्रेक लगाया। उस पल जो कुछ भी हुआ, उसका बोध करते ही उसका हृदय काँप उठा।

उसने ब्रेक पर से पाँव अभी तक नहीं हटाया था। आँखों में वही भय लिए उसने ग़ौर से श्वान को देखा, जो अब सलेटी जैकेट पहने उसी व्यक्ति के पास था। उसका सारा शरीर काँप रहा था, मानो धीमे

से याचना कर रहा हो। किकियाते हुए व याचना करते हुए श्वान ने अपना मुँह अपने मालिक के हाथों पर टिका दिया।

वह जड़ होकर देख रहा था। कभी श्वान को, तो कभी जैकेट पहने व्यक्ति को। वह व्याकुल होकर बैठ गया। वह वास्तव में यह विश्वास नहीं कर पा रहा था कि वह ही उत्तरदायी है इस घटना का जो अभी–अभी उसके हाथों घटी है। ऐसी घटना जिसे कभी भी बदला नहीं जा सकता था, जो हत्या के समान है।

गाड़ी के नीचे श्वान को लगी चोटों को वह स्पष्ट रूप से महसूस कर पा रहा था। वह निस्संदेह समझ रहा था कि श्वान इतने कष्ट व व्याकुलता में भी हिल रहा था मानो अपनी गलती के लिए क्षमा माँग रहा हो। क्षमा माँगते हुए उसका मुँह अपने स्वामी के हाथ में धीमे से धँसता गया। वह उसकी उँगलियाँ चाटता रहा और जैकेट पहना वह व्यक्ति उसे दुलारता, पुचकारता रहा, उसे सांत्वना देता रहा। फिर उसने श्वान को अपनी बाँहों में उठा लिया व उसके लम्बे कानों को सहलाते हुए उसका कीचड़ भरा सिर थपथपाने लगा। श्वान का चेहरा पीला पड़ गया।

"कैसे ड्राइवर हो तुम, जो गाड़ी को समय से नहीं रोक सके?" उस व्यक्ति ने उसे धिक्कारा। "यह श्वान है, भोला, नासमझ, तुम्हें यह समझ है या नहीं?" पगडण्डी पर उसके इर्द–गिर्द लोगों की भीड़ जमा हो गई जो श्वान के साथ हुई दुर्घटना पर चिल्लाकर रोष प्रकट कर रहे थे। किसी ने गाड़ी के बोनट पर हाथ मारते हुए ड्राइवर से कहा कि उसने कितना निन्दनीय व घृणित कार्य किया है। सड़क पर अक्सर ऐसी घटनाएँ होती हैं, और वह अपनी भर्त्सना करने वालों से लगभग आत्मसुरक्षा के स्वाभाविक आवेग से भर्राये स्वर में बोला, "और आप... आप जैसे लोग अपने श्वान को सड़क पर क्यों छोड़ देते हैं?"

उसके स्मृतिपटल पर मॉस्को से राजमार्ग तक की यात्रा कुछ धूमिल ही थी। उसे अभी भी प्रतीत हो रहा था जैसे सब कुछ भीतर ही भीतर चीरता हुआ हो, उसे काट रहा हो। उसे श्वान के विषय में सोचकर मिचली आने को हो रही थी, उसकी आत्मा उसे धिक्कार रही

थी, आत्मसुरक्षा में कहे अपने उन शब्दों पर, जो अभी भी उसके कानों में गूँज़ रहे थे, "और आप... आप जैसे लोग अपने श्वान को सड़क पर क्यों छोड़ देते हैं?"

सड़क पर देखते हुए, उसे एक बार फिर याद आने लगा कैसे अचानक श्वान उसी पहिए के नीचे से उछलकर भागा। उसका रंग गहरा भूरा था। वह पैने मुँह का फुर्तीला श्वान था। गाड़ी बर्फ़ पर दौड़ रही थी। उसी पल श्वान गाड़ी की ओर खेल में भौंकते हुए बढ़ा। वह काँप रहा था व पलक झपकते ही वह रेडियेटर के नीचे दौड़ गया। कुछ ही पल बाद गाड़ी के नीचे से किकियाने की आवाज़ें आईं। उसके बाद लगा गाड़ी मानो किसी कठोर वस्तु के ऊपर से निकल गई हो। वह नन्हा श्वान समझ भी नहीं पाया कि उसके इस खेल के उत्तर में उसे यह पीड़ा क्यों मिली, वह भी एक अजनबी गाड़ी से?

मैंने उसे मार दिया...श्वान तो कूदकर अपने स्वामी के पास चला गया था। कैसे अपने सिर को हिला रहा था; कितनी याचना करते हुए अपना मुँह मालिक के हाथ पर टिका दिया मानो मुक्ति माँग रहा हो! वह दाँत भींचते हुए सोच रहा था। चेहरे को सिकोड़ते हुए उसने हाथ से पोंछा। उसे कोई राजमार्ग या पिघलती हुई बर्फ़ दिखाई नहीं दे रही थी, ना ही मार्च महीने में ओस से भीगे खेत, जबकि वसंत ऋतु का वह रमणीय सूरज आज भी खूब दमक रहा था।

घंटेभर बाद वह विश्रामगृह पहुँच चुका था। उसने अपनी पत्नी का चुम्बन नहीं किया, ना ही अपने बच्चों को चूमा, मानो उसने यह अधिकार खो दिया था। बस देर तक पलकें झपकाए बिना, अपनी पाँच वर्ष की बिटिया को देखता रहा, फिर उसे बाँहों में थामकर अपनी छाती से लगा लिया।

3

तीसरा विश्वयुद्ध

मार्गारीता ख़ैमलिन

सन् 1969 में समस्त देश व्लादिमीर ईलिच लेनिन की जन्म शताब्दी की तैयारियों में व्यस्त था। हालाँकि, शताब्दी आने में अभी पूरा एक वर्ष शेष था पर अभी भी ढेर सारा कार्य रह गया था। इस जन्म शताब्दी को ले कर बास्या सलोमोनवना के विचार कुछ अलग ही थे। उनकी दृढ़ धारणा थी कि 22 अप्रैल 1970 की सुबह तीसरा विश्वयुद्ध छिड़ जाएगा।

बास्या सलोमोनवना सिंगर सिलाई मशीन पर अपनी पोतियों के लिए नये वस्त्र सिलने में व्यस्त थीं। उनकी पोतियाँ अच्छे खाते–पीते घर की दिखती थीं और उन्हें सोवियत बच्चों के वस्त्र भी छोटे पड़ते थे। साथ ही वह गुनगुना भी रही थीं, "पीड़ा मेरी जाने केवल इक ऊपरवाला।"

बास्या सलोमोनवना आँगन में बाहर गईं और अपने पड़ोसियों से बातचीत में व्यस्त हो गईं। वे सभी उन्हें हमेशा ध्यान से सुनते थे, क्योंकि बास्या सलोमोनवना को बुद्धिमान माना जाता था। बास्या सलोमोनवना ने अपना संदेह प्रकट करते हुए कहा, "अब इसी को लो। शताब्दी के अवसर पर अवश्य इन्होंने सब तैयारी की है। क्योंकि ये सब तो अकस्मात् ही होता है और यहाँ लोगों के लिए तो अपने नेता का जन्मदिन किसी उत्सव से कम नहीं। सुना है, उत्सव मनाने के लिए

यहीं मॉस्को में सब एकत्र हो रहे हैं। अवसर मिलते ही प्रहार कर देंगे। स्पष्ट है कि 'वो' अमरीकी ही हैं सब।"

पड़ोसियों ने भी रुचि लेते हुए पूछा, "बम गिराएँगे या फिर......"

"और क्या? अलग–अलग हथकंडे अपनाएँगे। कहीं बम तो कहीं और कुछ। ओह, अब तो ऊपरवाला ही रक्षा करें, अब ... हम तो जी लिए पर हमारे पोते–पोती... ओह, हे भगवान!"

कुछ देर और बात करने के बाद, बास्या सलोमोनवना ने बातचीत की दिशा बदल दी।

किसी पड़ोसी ने पूछा, "और बेर के मुरब्बे में आप कितनी चीनी डालती हैं?"

बास्या सलोमोनवना ने विस्तार से उत्तर दिया। फिर उन्होंने स्पष्ट किया कि किसी भी मुरब्बे को कैसे कंप्रैस करते हैं, कितना वोदका डालते हैं, और पेपर चर्मपत्र का ही होना चाहिए ताकि रस बह ना जाए।

पड़ोसियों ने चर्मपत्र के प्रयोग पर अपनी सहमति व्यक्त की, मगर वोदका के बारे में संदेह प्रकट करते हुए कहा, "एक बोतल खरीदेंगे कंप्रैस करने के लिए, और पता चलेगा कि पति या बेटे ने चोंच भर ली। इसलिए क्या वोदका की जगह कुछ और नहीं डाल सकते हैं?"

बास्या सलोमोनवना ने उत्तर दिया, "हाँ, वोदका के बिना भी यह संभव है। बल्कि इससे भी बेहतर है, आलू छिलके सहित उबालकर, मैश करके डाला जाए।"

पड़ोसियों ने अभिवादन करते हुए कहा, "बास्या सलोमोनवना, कुशाग्र बुद्धि है आपकी।" इस तरह अपनी बात पूरी कर बास्या घर चली आई और फिर सिलाई मशीन पर काम करने बैठ गई।

बास्या सलोमोनवना की बेटी व्येरा कार्यालय से लौट आयी। वह बतौर शारीरिक चिकित्सा प्रशिक्षक कार्यरत थी। मीशा, व्येरा का पति, भी कार्यालय से लौट आया था जो अधीक्षक के रूप में काम करता था। मीशा पीता नहीं था क्योंकि वह यहूदी था। मेज को ढकते हुए, बास्या सलोमोनवना ने अपनी बात प्रारंभ की, "मीशा, शताब्दी समारोह के बारे में क्या सुनने में आ रहा है?" मीशा ने कहा, "सब अच्छा चल रहा है,

बास्या सलोमोनवना। सभी तैयारी में जुटे हैं । 102 प्रतिशत। समारोह तक हम शहर में मुख्य फिल्म थिएटर का निर्माण पूरा कर लेंगे। सभी जिलों में क्लब बना रहे हैं। हम सफल होंगे। मैंने सोचा है कि हम गत्ते के पैलेट से सिनेमाघर की छत को ढक देंगे। और, निश्चित रूप से उसे रंग देंगे, जैसे कि नीले रंग से। मैंने बॉस को बता दिया है। उन्होंने मान भी लिया है।"

बास्या ने प्रसन्नता प्रकट करते हुए पूछा, "यह सुझाव तुम्हारा था? शाबाश, मीशा। अब तो तुम्हें पुरस्कार देंगे?"

"मालूम नहीं," मीशा ने कहा।

बास्या सलोमोनवना ने उसी क्षण सूप का कटोरा बोर्श से भर दिया व सावधानी से अपने दामाद के सामने पूरी प्लेट रखते हुए कहा, "खाओ, मीशा। तुम बहुत परिश्रम करते हो।" फिर उसने अपनी बेटी, और फिर अपनी मोटी–ताजी पोतियों के लिए बोर्श डाला और अंत में अपने लिए आधी प्लेट लेकर खाने बैठीं।

चाय पर दोनों पोतियों ने जब यह सुनिश्चित कर लिया कि कुछ भी नापसंद और मीठा नहीं मिलेगा, तो मेज के पीछे से बाहर निकल आईं। बास्या सलोमोनवना ने अपना मुख्य प्रसंग छेड़ते हुए कहा, "मीशा, स्थिति गंभीर है। जल्द ही युद्ध...," मीशा ने प्याले में चीनी घोलते हुए व्येरा पर एक याचना भरी दृष्टि डाली। व्येरा अपनी भौंहें नचाते हुए बोली, "मम्मा, मीशा थक गया है। वो अब आराम करेगा, अख़बार पढ़ेगा। बाद में बात करना आप।"

बास्या सलोमोनवना ने अपने होंठ सिकोड़ लिए। वर्तमान परिस्थितियों के बारे में अपनी बेटी से वह बात करने की इच्छा नहीं रखती थी, और उसकी बेटी यह जानती थी। इसका अर्थ है कि कम से कम डेढ़ घंटे तक प्रतीक्षा करनी होगी, तब तक मीशा अख़बार पढ़ लेगा, और अंततः इस समस्या पर विचार–विमर्श करेगा। मगर, मीशा अख़बार पढ़ते–पढते सो गया। बातचीत का अवसर नहीं मिला।

कीव से बास्या सलोमोनवना का भाई ओवराम पग्रेबींस्की अपनी पत्नी ल्यूसिया के साथ उनके घर पहुँचा। इस विषय पर ओवराम से

बात करना व्यर्थ था। वह केवल फुटबॉल के बारे में बात कर सकता था। ल्यूसिया के साथ यह प्रयत्न किया जा सकता है।

ल्यूसिया एक और फ्रंट लाइन सैनिक के नाम एक सिगरेट फूँकती है। दिखने में वह बिल्कुल ठेठ कोसाक जैसी है और बास्या सलोमोनवना की तुलना में अधिक यहूदी दिखती है। ल्यूसिया ने ग़ौर से सुना और साग्रह बोली, "आप ओवराम को परेशान न करना, उसे मधुमेह है। आप तो जानती हैं, बास्या।" ओवराम व ल्यूसिया लड़ाई के मैदान में मिले थे। ओवराम की पत्नी व चार बच्चे हमले में मारे गए थे, और ल्यूसिया के बेटे की युद्ध से पहले ही मृत्यु हो गई थी, इसलिये दोनों ही ने दुर्भाग्य देखा था। उसने अमरीकियों पर अपना क्रोध उड़ेल दिया, "इसके बारे में सोचो, बास्या, वो वियतनाम में जो कर रहे हैं...... वो तो वियतनाम है! वहाँ लोग अशिक्षित हैं, गरीब हैं व दलदल में फंसे पड़े हैं, और हम! हमारा क्या, दुष्ट कहीं के, क्या वे सोवियत संघ के साथ युद्ध करेंगे? आप जानती हैं, वो अगर बम छोड़ भी दें, तो हमारे पास भी बम हैं! तब ठीक है ना, हम नहीं तो वो भी नहीं! और जान लें कि वो रेंगने वाले कीड़े हैं! घिनौने मुँह वाले बिन बुलाए मेहमान! नालायक हैं वे!" मजे लेते हुए ल्यूसिया ने अंतिम शब्द जोड़े। बास्या सलोमोनवना ने अपनी सहमति जताते हुए कहा, "हाँ, तो ठीक है। हम नहीं तो वो भी नहीं।"

ल्युदमिला ईवानव्ना (ल्यूसिया) तीसरे विश्वयुद्ध पर अपने विचार कीव में जरूर सार्वजनिक करेगी, बास्या सलोमोनवना यह निःसंदेह जानती थीं। और उन्हें केवल इसका दुःख रहेगा कि ल्यूसिया उनका हवाला नहीं देगी। हालाँकि, ल्यूसिया उनकी समझ में एक अच्छी महिला थी, मगर किसी और की बुद्धि से ईर्ष्या करना उसकी आदत थी।

कुछ देर बाद, कीव से मीशा का बड़ा भाई वोवा आ गया। 1949 में वोवा को कप्तान के पद से हटा दिया गया था, और तब से वह एक सैन्य संयंत्र में आपूर्ति प्रबंधक के रूप में काम कर रहा है। वोवा अचानक ही घर आ पहुँचा। अचरज तो हुआ क्योंकि मीशा व उसके बीच बातचीत का सिलसिला लगभग ना के बराबर था।

वोवा फोन किए बिना ही मीशा के पास चेर्निगोव पहुँचा और उसे टहलने के लिए बुलाया। यह रात के खाने के बाद की बात है, जिसका ग़वाह सन्नाटा था। मीशा लगभग चालीस मिनट बाद लौटा। उसने बताया कि वोवा चला गया है और अलविदा कहने के लिये समय नहीं मिल पाया क्योंकि बस स्टेशन पहुँचने में देर हो रही थी।

पूरी शाम मीशा चुप रहा। घर में हर तरफ़ सन्नाटा पसरा हुआ था, ठीक वैसा ही जैसे बवंडर आने के पूर्व। अंत में, मीशा ने बास्या सलोमोनवना को रसोईघर में चलने के लिए कहा। उनके बीच बातचीत का सिलसिला आरंभ हुआ।

मीशा : बास्या सलोमोनवना, आप जानती हैं कि मैं आपका कितना सम्मान करता हूँ।

बास्या सलोमोनवना : हाँ मीशा, मैं हमेशा से यह बात जानती हूँ।

मीशा : बास्या सलोमोनवना, वोवा ने मुझे बताया कि आप अफ़वाहें फैला रही हैं और आपको इस धृष्टता के लिए आदेश भी भेजा जा सकता है।

बास्या सलोमोनवना : कैसी अफ़वाहें, मीशा? ओह, अब तो भगवान ही बचाये। वोवा ने आपसे ऐसा क्या कहा?

मीशा : और अफ़वाहें भी ऐसी, बास्या सलोमोनवना, कि लेनिन की जन्म शताब्दी के अवसर पर अमरीकी जंग छेड़ देंगे व हम सभी पर बम गिरा देंगे।

बास्या सलोमोनवना : अब तो ऊपरवाले का ही सहारा है। मेरे प्रिय मीशा! मैंने वोवा से यह सब कभी नहीं कहा! मैं तो उससे तुम्हारे सामने ही बात नहीं करती, तो तुम्हारी अनुपस्थिति में बिना उससे एक शब्द भी कहना मैं कभी सोच ही नहीं सकती! वैसे भी, तुम्हारी आँखों से कुछ छुपा नहीं है!

मीशा : बास्या सलोमोनवना, क्या आपने ल्यूसिया को यह सब बताया था? युद्ध के बारे में?

बास्या सलोमोनवना : हाँ, बताया तो था...।

मीशा : बास्या सलोमोनवना, क्या आप ल्यूसिया को अच्छी तरह जानती हैं?

बास्या सलोमोनवना : अच्छी तरह जानती हूँ।

मीशा : मगर आप उसे ऐसी बातें क्यों बता रही हैं? वोवा कह रहा था कि वह कीव में आसपास यह बता रही हैं कि तीसरा विश्वयुद्ध बिल्कुल तय है, और उसके पास एकदम सही जानकारी है और वोवा रक्षा संयंत्र में कार्यरत है... और वो ऐसे पद पर है कि वह सभी प्रकार के सैन्य भेदों से जुड़ा हुआ है। क्या यह पर्याप्त नहीं... आप तो जानती हैं, ल्यूसिया नहीं रुकेगी। और वोवा से पूछताछ की जा सकती है। तुरंत संदेह उस पर ही जाएगा कि उसने ल्यूसिया को सेना के भेद बताये हैं। आप ऐसा कैसे कर सकती हैं, बास्या सलोमोनवना? आप लापरवाही का काम कर रही हैं। और वोवा से मुझ तक पहुँचने के लिए रास्ता बन जाएगा, आप जानती हैं, यह सब कैसे किया जाता है।

बास्या सलोमोनवना जड़ हो गईं। भय ने उन्हें घेर लिया। वह फूट–फूट कर रो पड़ी। और, भूरे स्वेटर के कोने से अपनी नाक पोंछते हुए वह बिफ़र गई, "मेरे प्रिय मीशा, मुझे क्षमा कर दो ... पर...... हर कोई तो कह रहा है।"

मीशा ने क्रोधित होते हुए कहा, "इन दिनों सभी बोल रहे हैं, बास्या सलोमोनवना। पर पहल आप ही ने की है!"

बास्या सलोमोनवना ने गर्व से अपना सिर उठाया। एक पारदर्शी बूँद बास्या की नाक की नोंक पर चमक गई। "निश्चित रूप से यह बात मैंने ही कही है, ल्यूसिया ने नहीं!" बास्या सलोमोनवना स्वयं पर ध्यान आकर्षित करने से रुक नहीं सकीं।

अगले ही दिन बास्या सलोमोनवना कीव गईं। वह ल्यूसिया से बात करना चाहती थीं। ल्यूसिया कसम खा रही थी कि उसने किसी को भी तीसरे विश्वयुद्ध के बारे में 'विशेष रूप से' नहीं बताया। केवल वोवा की पत्नी फ्रीडा के अलावा। और फ्रीडा का कितना योगदान इस बात को और आगे बताने का है, यह तो अस्पष्ट है। इसलिए अब, यह स्पष्ट है कि फ्रीडा ने ही सबको फोन किया है। और, स्पष्ट है, अपने अंकल जुबनिक को भी उसने ही फोन किया है और उनके रोगियों की संख्या अनगिनत है। बास्या व ल्यूसिया विचार करने लगीं कि अब

क्या करना चाहिए। तभी ओवराम ने कमरे में प्रवेश किया। बास्या व ल्यूसिया ने फ्रीडा और उसके व्यवहार के बारे में ओवराम को बताया। ओवराम ने फ्रीडा के अंकल जुबनिक के पास जाने का निश्चय किया, जिसे उन्होंने जन्म से ही नहीं देखा था, और, एक सामान्य रोगी के भेष में जाकर पता लगाया कि वह इस सबकी कितनी जानकारी रखते हैं।

फ्रीडा के अंकल घर से ही काम करते थे और केवल सिफ़ारिश पर ही रोगी लेते थे। उन्होंने 'अपनी ओर' के रिश्तेदारों का कभी इलाज नहीं किया और उन्हें कभी फूटी आँख भाए ही नहीं, क्योंकि वह मोटा पैसा लेते थे।

उसी पल ल्यूसिया ने फ्रीडा को फोन किया और अपने बहुत अच्छे परिचितों में से एक के मालिक के लिए उसके अंकल का पता पूछा। फ्रीडा ने पता तभी दे दिया।

आधे घंटे बाद, वो तीनों– ओवराम, ल्यूसिया व बास्या, अंकल जुबनिक के प्रतीक्षा कक्ष में पहुँच गए। ओवराम अपना गाल पकड़कर स्वाभाविक रूप से कराहने लगा। उसे प्रतीक्षा किए बिना ही अंदर जाने की अनुमति मिल गई।

पाँच मिनट बाद वह कार्यालय से तेजी से बाहर निकला और दोनों महिलाओं की बाँहें पकड़कर, उनके साथ वहाँ से चंपत हो गया। उसने बताया कि वह अभी केवल तीसरे विश्वयुद्ध के संकेत ही दे पाया था, कि अंकल जुबनिक उसपर चिल्ला पड़े, उसे कुर्सी से खींचते हुए बाहर ले आए और उसे आतंकवादी कहा। स्पष्ट है, वोवा ने उसके साथ विचार–विमर्श किया।

वोवा के फ्रीडा के अंकल से बात करने के निश्चय ने गंभीर मोड़ ले लिया। संकट वास्तव में उन सभी लोगों पर लटका था जिनको तीसरे विश्वयुद्ध की शुरूआत के बारे में जानकारी थी।

ओवराम, ल्यूसिया व बास्या घर पहुँचे और बहस करने लगे। उन्होंने यह निष्कर्ष निकाला कि ल्यूसिया ने न केवल फ्रीडा तक यह बात फैलाई बल्कि जूते के कारखाने में भी दोस्तों के साथ साझा की। यहाँ तक कि बात दूध की डेरी में भी फैल गयी जो बोर्शागोव्का में स्थित है, और

मीट की दुकान में भी, जो पॉडोल में है, और जो अच्छा पोर्क रखते हैं, जिस कारण वहाँ बहुत देर तक भी लोग प्रतीक्षा में खड़े रहते हैं, वहाँ भी। ऐसे में वो शांत कैसे रह सकती थी? और खृश्चातिक पर खुदरा व्यापारियों को, और हाँ, बिसाराबका पर, और अस्पताल में, जब उसने ओवराम को अपने नमूने जाँच के लिए दिए होंगे, और पेचेर्स्क में बैंक में, जहाँ उसने अपने घर का किराया जमा कराया होगा, और दार्नित्सा में बस स्टॉप पर, और मेट्रो में, वह कौन–सा स्टेशन था, याद नहीं है।

और निश्चित ही फ्रीडा को, जिसने अपने अंकल को दंत चिकित्सक बताया और वोवा को। बस यही सब रहा। बास्या कुछ उत्तेजित हो गई। अब तक सारा कीव ये सब जान चुका था, यहाँ तक कि कॉमरेड शेलेस्त भी, जो यूक्रेन की कम्युनिस्ट पार्टी की केंद्रीय समिति के प्रथम सचिव थे।

चेर्निगोव में, पार्टी की क्षेत्रीय समिति बहुत पहले से ही यह जानती थी क्योंकि एक बिजली वाले की सास जो समिति के लिए काम करती थी, उसी इमारत में रहती थी जहाँ बास्या सलोमोनवना भी रहती थीं जिन्होंने उनसे तीसरे विश्वयुद्ध के बारे में बात भी की थी।

इसकी जानकारी अगर मॉस्को में थी भी, तो चेर्निगोव और कीव के प्रमुख इस प्रकार के समाचार केवल अपने तक कभी सीमित नहीं रखेंगे। इस समाचार ने दूसरी ही दिशा ले ली। निस्संदेह, चेर्निगोव में अमरीकी जासूस सक्रिय थे, जहाँ दो विमान इकाइयाँ थीं व यूरोप की सबसे बड़ी ऊनी मिल का संचालन शुरू हो चुका था। यहाँ इसका उल्लेख नहीं है कि कीव में कितने जासूस थे। शायद अमरीका में स्वयं उन्होंने अपने उन जासूसों से सुना होगा जो चेर्निगोव और कीव में सक्रिय हैं, कि बास्या सलोमोनवना ने तीसरे विश्वयुद्ध की योजनाओं का पता लगा लिया था। लेकिन अगर सभी सब कुछ जानते हैं, तो इसका अर्थ है कि हमारे लोगों को पहले से ही चेतावनी दे दी गई थी और यही शायद तर्क का कारण भी रहा। इसीलिए अमरीकी अचानक हमला करने के लिए उपयुक्त परिस्थितियों से वंचित रह गए व अब वे किसी प्रकार की हानि पहुँचाने का साहस नहीं करेंगे।

बास्या सलोमोनवना अब भी स्वयं को दोषी नहीं मानती। उन्हें मात्र एक बात के लिए दोषी ठहरा सकते थे, वह यह, कि बास्या उन अधिकारियों के काम में हस्तक्षेप कर रही थी, जो बिना उसके बताए ही जानते थे कि उन्हें क्या करना है।

ओवराम और ल्यूसिया को अलविदा कहते हुए बास्या सलोमोनवना ने विनम्रता से कहा, "मैं किसी पर भी आँच नहीं आने दूँगी।" बास्या सलोमोनवना ने तय किया कि वो अब किसी और से बात नहीं करेंगी। बहुत कुछ इस तरह से बदल गया था कि उसके तौर–तरीके उसके अपने ही संबंधियों के लिए इतने ख़तरनाक प्रमाणित हुए थे। जोखिम भरे, उसके अपने मनहूस, स्वार्थी दृष्टिकोण के कारण।

वह चेर्निगोव वापस लौट आईं और एकांतचित्त हो गईं। आधे वर्ष तक वह ऐसे ही शांत रहीं। बस 'हाँ' या 'नहीं' और मोमबत्ती की भाँति पिघलती रहीं।

मीशा व व्येरा चिंतित थे, हालाँकि कार्यालय और बच्चों की देखभाल के बीच समय का अभाव बहुत था। वर्ष 1970 के प्रारंभ में बास्या सलोमोनवना का निधन हो गया। 22 अप्रैल को, तीसरे विश्व युद्ध को रोकने के लिए, किसी ने भी बास्या सलोमोनवना को धन्यवाद नहीं दिया।

4

दिल्लगी

आन्तोन चैख़व

जाड़े की उजली दोपहर है ... सर्दी बहुत तेज व तीखी है। 'नाद्या' मेरा हाथ थामे हुई है। उसके घुँघराले बालों में बर्फ़ कुछ इस तरह चिपकी है मानो चाँदी का वर्क लगा दिया हो। हम एक ऊँची पहाड़ी पर खड़े हुए हैं। हमारे सामने मैदानी ढलान फैली हुई है और सूरज उसमें एक दर्पण की तरह दिख रहा है। हमारे आसपास कई स्लेज हैं, जिनकी गद्दी चमकीले लाल कपड़े से बनी हुई है।

"चलो, नीचे चलते हैं, नाद्येज्दा पित्रोव्ना! मैं विनती करता हूँ। केवल एक बार! मैं तुमको विश्वास दिलाता हूँ, हम बिलकुल सुरक्षित व स्वस्थ रहेंगे।"

मगर नाद्येन्का[1] को डर लगता है। उसको अपने छोटे–छोटे जूतों से लेकर बर्फ़ के पहाड़ के अंत तक पूरा स्थान एक भयावह, असीमित गहरी खाई–सा लगता है। जब कभी मैं उसे स्लेज पर बैठने के लिए बुलाता हूँ, वह नीचे देखती है, उसके प्राण अटकने लगते हैं और वह साँस लेने के लिये हाँफने लगती है। अगर वह स्लेज में बैठ जाएगी तो

---

[1] नाद्येज्दा पित्रोव्ना, पूरा नाम, 'नाद्या व नाद्येन्का' नाद्येज्दा के छोटे नाम जो लाड़–प्यार से बुलाए जाते हैं।

क्या हो जाएगा? अगर वह रसातल तक उड़ने को तैयार हो भी जाएगी, तो क्या वह मर जाएगी, या पागल हो जाएगी?

"मैं तुमसे हाथ जोड़कर प्रार्थना करता हूँ! कह रहा हूँ ना, डरो मत! समझो तो, यह कायरता है, कायरता," मैंने कहा।

नाद्येन्का अंततः घुटने टेक देती है, और मैं उसके चेहरे के भाव पढ़ सकता हूँ कि वह अपने जीवन को संकट में डाल रही है। मैं उसे स्लेज में बैठाता हूँ। वह भय से सफ़ेद दिख रही है व काँप रही है। मैं अपना हाथ उसके कंधों पर रखकर पीछे बैठ जाता हूँ और हम अथाह गहराई की ओर फिसलने लगते हैं। स्लेज बंदूक की गोली की तरह बड़ी तेजी से नीचे जा रही है; काट देने वाली ठंडी हवा हमारे चेहरों पर चोट की तरह लग रही है, मानो कानों मे कोई तेज सीटी बजा रहा हो। हवा क्रोध व दर्द से जैसे हमारे तन को चीर रही है, मानो हमारे कंधों से वह सिर अलग कर लेना चाहती है। हवा के दबाव से साँस लेने की शक्ति नहीं है। ऐसा लगता है जैसे शैतान ने ख़ुद अपने पंजों से जकड़कर हमें एक गर्जना के साथ नरक में घसीट लिया हो। आसपास का दृश्य एक लंबी, तेजी से चलने वाली पट्टी में विलीन हो जाता है ... बस एक और क्षण, और ऐसा लगता है कि हम मर जाएँगे!

"मैं तुमसे प्रेम करता हूँ, नाद्या!" मैं धीरे से कहता हूँ।

स्लेज की गति अब धीमी हो चली है, हवा की गर्जना और स्लेज की गूँज अब इतनी भयानक नहीं लग रही है। हमारी साँस में साँस आती है और अंततः हमारी स्लेज नीचे पहुँचती है। नाद्या अधमरी–सी दिख रही है। वह सफेद पड़ चुकी है और उसकी साँसें मुश्किल से ही चल रही हैं। मैं स्लेज से उठने में उसकी सहायता करता हूँ।

"चाहे जो हो जाए, अब मैं दोबारा कभी नहीं जाऊँगी," उसने मेरी ओर अपनी बड़ी–बड़ी व भयभीत आँखों से देखते हुए कहा, "आज तो मैं मरते–मरते बची हूँ।" पर वह थोड़ी देर में ही सामान्य हो गई और उसने मेरी आँखों में झाँका जैसे कुछ पूछ रही हो कि क्या मैंने सच में वे चार शब्द बोले थे या हवा के शोर में उनको उनका आभास मात्र

हुआ था? और मैं उसके पास ही खड़ा धूम्रपान कर रहा हूँ और अपने दस्तानों को ध्यान से देख रहा हूँ।

नाद्या मेरा हाथ थाम लेती है और हम बहुत देर तक पहाड़ी के आसपास ही घूमते रहते हैं। स्पष्ट है, चंद शब्दों की पहेली उसे शांति से जीने नहीं दे रही। वे शब्द, जो पहाड़ी से नीचे आते हुए उसने सुने, वे बोले गए थे या नहीं? वास्तव में, हाँ या नहीं? यह सच है या झूठ? यह गर्व, सम्मान, जीवन, प्रसन्नता का प्रश्न है, एक अत्यंत आवश्यक प्रश्न है, संसार का सबसे आवश्यक प्रश्न है। नाद्येन्का अपनी अधीरता भरी उदास आँखों से मेरे चेहरे की ओर देखती है। अनमने ढंग से उत्तर देती है। मेरे बोलने की प्रतीक्षा करती है। ओह, उसके प्यारे से चेहरे पर कैसे भाव खेल रहे हैं! मैं देख रहा हूँ कि वह स्वयं से संघर्ष कर रही है। उसे मुझसे कुछ कहना है, कुछ पूछना है, लेकिन उसे शब्द नहीं मिल रहे हैं। वह झेंप रही है, डरी हुई है। उसकी अपनी ही प्रसन्नता आड़े आ रही है...

"आपको पता है?" वह मुझे देखे बिना ही कहती है।

"क्या?" मैं पूछता हूँ।

"चलिए, एक बार फिर फिसलें।" वह कहती है।

हम एक बार फिर पहाड़ी पर चढ़ जाते हैं और पीली पड़ी, काँपती हुई नाद्येन्का को मैं स्लेज में बिठा देता हूँ। हम पुनः एक भयानक रसातल की ओर फिसलते हैं। फिर से हवा की गर्जना और स्लेज की गूँज हमारे कानों को फाड़ती है और फिर जब स्लेज का शोर सबसे अधिक होता है तो मैं धीमे स्वर में कहता हूँ, "मैं तुमसे प्रेम करता हूँ, नाद्येन्का!"

नीचे पहुँचकर जब स्लेज रुकती है, नाद्येन्का उस पहाड़ी पर दृष्टि डालती है जिससे हम अभी–अभी स्लेज से नीचे

आए थे। फिर वह देर तक मेरे चेहरे को देखती है, मेरी आवाज़ को सुनती है। उसके चेहरे पर कोई भाव नहीं है। सब कुछ, सब कुछ, यहाँ तक कि उसकी टोपी और हुड, उसका पूरा शरीर आश्चर्यचकित है। उसके चेहरे पर स्पष्ट लिखा है। वह उलझ गई अपने ही विचारों में,

समझ नहीं पा रही थी कि जो उसने इतनी बार सुना, वह सच था या उसका भ्रम। यह दुविधा उसे चिंतित करती है। सच्चाई से वह अनभिज्ञ है। उसकी अधीरता बढ़ जाती है। वह बेचारी प्रश्नों के उत्तर नहीं देती, नाक–भौंह चढ़ा लेती है, बिल्कुल रोने को तैयार है।

"क्या हम घर चलें?" मैं पूछता हूँ।

"लेकिन मुझे ... मुझे यह स्लेज की सवारी पसंद है," वह शरमाते हुए कहती है। "क्या हम फिर एक बार सवारी करने चल सकते हैं?"

वह इस सवारी को 'पसंद' करती है, और इस बीच, स्लेज में बैठते हुए हमेशा की तरह वह सफ़ेद पड़ गई। डर से कठिनाई से साँस ले रही है, काँप रही है।

हम तीसरी बार फिर पहाड़ी से उतरते हैं। मैंने देखा कि वह मेरे चेहरे को कैसे ताक रही है। उसकी दृष्टि मेरे होंठों पर आ टिकती है। मैं अपने होंठों को रूमाल से ढक लेता हूँ व धीमे से खाँसता हूँ। जब हम पहाड़ी के आधे रास्ते पहुँचे, तो मैं फिर से दोहराने में कामयाब रहा, "मैं तुमसे प्रेम करता हूँ, नाद्या!"

और यह रहस्य़, रहस्य ही बन कर रह जाता है! नाद्येन्का चुप है। वह किसी सोच में डूबी है। मैं उसे स्केटिंग रिंक से घर तक छोड़ने जाता हूँ। वह और भी चुपचाप चलने की कोशिश करती है, और धीमे क़दमों से चल रही है और अभी भी प्रतीक्षा कर रही है कि शायद मैं उससे वही शब्द कहूँ। मैं देख रहा हूँ कि कैसे उसकी आत्मा तड़प रही है, कैसे वह स्वयं से यह न कहने का प्रयास कर रही है, ऐसा तो हो नहीं सकता कि यह सब हवा ने कहा हो! और मैं चाहती भी नहीं कि ऐसा हवा ने बोला हो!

अगले दिन सुबह मुझे एक नोट मिलता है, यदि तुम आज स्केटिंग रिंक जाओ, तो मुझे अवश्य साथ ले लेना। एन। उस दिन से मैं नाद्येन्का के साथ प्रतिदिन स्केटिंग रिंक पर जाने लगा। स्लेज पर बैठते हुए, मैं हमेशा एक ही वाक्य धीमे से कहता हूँ, "मैं तुमसे प्रेम करता हूँ, नाद्या!"

जल्द ही नाद्येन्का को इन शब्दों का नशा–सा हो जाता है, वैसा ही जैसा शराब या मॉर्फ़िन का नशा। उसे अब इन शब्दों की ख़ुमारी–सी

रहने लगी। सच तो यह है कि उसके लिए पहाड़ी से नीचे फिसलना अभी भी डरावना है, मगर अब डर और संकट, प्रेम भरे उन शब्दों को विशेष आकर्षण तो देते हैं, पर अभी भी एक पहेली ही बने हुए हैं और उसकी आत्मा को अभी भी बहुत दुःख देते हैं। उसे समान रूप से दो पर ही संदेह है– एक मुझपर, और दूसरा हवा पर। दोनों में से कौन अपने प्रेम को प्रकट करेगा, वह नहीं जानती, और प्रतीत होता है जैसे अब उसे इसकी परवाह भी नहीं है। आप शराब चाहे किसी भी बर्तन से क्यों न पिएँ, नशा तो वह उतना ही देती है।

एक दोपहर मैं अकेले ही स्केटिंग रिंक चला आया; भीड़ के मध्य मैं अनायास ही देखता हूँ कि कैसे नाद्येन्का अकेले पहाड़ी तक पहुँचती है व उसकी आँखें मुझे ही तलाश रही हैं। फिर वह धीरे–धीरे पहाड़ी पर चढ़ने लगती है। हालाँकि अकेले फिसलने में उसे डर लगता है, बहुत अधिक डर! वह बर्फ़ की तरह सफ़ेद दिख रही है, काँप रही है, मानो उसे फाँसी पर चढ़ाया जा रहा हो। पर वह आगे ही आगे बढ़ती जा रही है, बिना झिझके, बिना रुके। अंततः स्पष्ट रूप से उसने यह निश्चय किया है कि वह अकेले ही पहाड़ी से नीचे फिसल कर देखेगी कि क्या वे अद्‌भुत मीठे शब्द उसे आज भी सुनाई देंगे या नहीं? मैं देखता हूँ कि वह बेहद घबराई हुई, डर से मुँह खोलकर स्लेज पर बैठती है और अपनी आँखें बंद कर लेती है, जैसे पृथ्वी को हमेशा के लिये अलविदा कह रही हो, बस ऐसे ही नीचे की ओर फिसल पड़ती है।

स्लेज के नीचे फिसलने की गूँज चारों ओर फैल जाती है। नाद्येन्का उन शब्दों को सुन पाती है या नहीं, मुझे नहीं पता। मैं केवल देखता हूँ कि कैसे वह बिना पहियों की गाड़ी से थकी–माँदी व अशक्त–सी उठती है। उसके चेहरे के हाव–भाव स्पष्ट बता रहे थे कि वह स्वयं नहीं जानती कि उसने कुछ सुना भी था या नहीं। जब उसकी स्लेज नीचे जा रही थी, डर ने उसकी सुनने की, तथा ध्वनियों में अंतर करने व उन्हें समझने की क्षमता छीन ली।

कुछ समय उपरान्त ही वसन्त ऋतु आ गयी। मार्च का महीना है, सूर्य की किरणें पहले से अधिक उष्ण हो गई हैं। हमारी बर्फ़ से ढकी

वह सफेद पहाड़ी भी धूम्रवर्णा हो गई व उसकी रौनक पहले से फीकी पड़ गई है। धीरे–धीरे सारी बर्फ पिघल जाती है। हमारा फिसलना बंद हो गया है और अब नाद्या उन शब्दों को नहीं सुन पाएगी। उससे वे शब्द कहने वाला भी अब कोई नहीं है, हवा भी शांत हो गई है और मैं भी यह शहर छोड़कर पीटर्सबर्ग जा रहा हूँ। हाँ, लंबे समय तक, संभव है सदा के लिए।

मेरे यहाँ से जाने से पूर्व शायद दो दिन पहले, सांयकाल की बात है, मैं बगीचे में बैठा हूँ। जिस घर में नाद्येन्का रहती है यह बगीचा उससे जुड़ा हुआ है और एक ऊँची बाड़ ही उसके घर को उस बगीचे से अलग करती है। मौसम अभी भी काफी ठंडा है और कहीं–कहीं बर्फ़ पड़ी हुई है, हरियाली अभी नहीं है पर वसन्त ऋतु की सुगन्ध प्रतीत होने लगी है। संध्या को पक्षियों की चहचहाहट सुनाई देने लगी है। मैं बाड़ के पास आता हूँ और एक दरार में से नाद्या के घर की ओर देखता हूँ।

यह बहुत पहले की बात है। अब नाद्येन्का का विवाह हो चुका है। उसने स्वयं विवाह का निश्चय किया या नहीं, इससे कोई अंतर नहीं पड़ता। उसका पति एक बड़ा अधिकारी है और उनके तीन बच्चे हैं। वह उस समय को आज भी नहीं भुला पाई है, जब हम पहाड़ी से फिसलने के लिए जाया करते थे। हवा के वे शब्द उसे आज भी याद हैं। यह उसके जीवन की सबसे सुखद, हृदयस्पर्शी और सुंदर स्मृति है।

और अब, जब मैं प्रौढ़ हो चुका हूँ, यह मेरी समझ के परे है कि मैंने उससे वे शब्द क्यों कहे थे, क्यों मैंने उसके साथ ऐसी दिल्लगी की थी...।

5

अनुरोध

यूरी बोन्दारेव

जीवन एक पल है,
हर पल ही जीवन है।

... और यदि तुम्हारे अंदर तीव्र इच्छाशक्ति है, तो कुछ समय के लिए मुझे अपने भौतिक बंधनों से, तथा इस पतित जीवन से स्वतंत्र कर दो, क्योंकि मैने समझ लिया है कि मेरी प्रिय मातृभूमि रुस ने अनेक कष्टों को झेला है। इसके अलावा भी उसके सौंदर्य, उसके रहस्यों, चमत्कारों, आश्चर्यों व आकर्षणों से अभी तक पूर्णतः अनभिज्ञ हूँ। मैं यह सब अनुभव करना चाहता हूँ। मगर, इस सारे ज्ञान की प्राप्ति क्या मेरे अपूर्ण मन को होगी?

6

प्रसन्नता

यूरी बोन्दारेव

पति द्वारा मेरे परित्याग के पश्चात्, मैं हमारे दो बच्चों के साथ अकेली रह गई, मगर मेरी बीमारी के कारण उन्हें मेरे माता–पिता ही पाल–पोस रहे थे। याद है, एक रात, मुझे नींद नहीं आ रही थी जब मैं अपने माता–पिता के घर में थी। मैं रसोईघर में धूम्रपान[2] करने आ गई। सोचा, मन कुछ शान्त हो जाएगा। रसोईघर में बत्ती जल रही थी और पिताजी भी वहीं थे। वो देर रात तक कुछ लिखने का काम करते थे और वो भी धूम्रपान करने के लिए ही रसोईघर में गए थे। मेरे क़दमों की आहट सुनकर पिताजी ने मुड़कर देखा। उनका चेहरा मुझे इतना थका हुआ प्रतीत हुआ, मानो वो बीमार हों। मुझे उनके लिए इतना दुःख हुआ कि मैंने कहा, "पापा, देखो तो, हम और आप दोनों की ही आँखों में नींद नहीं है, और हम दोनों ही उदास हैं।" "उदास?" उन्होंने दोहराया व मेरी ओर देखा, जैसे कुछ समझ नहीं आया, और करुणामयी आँखों से पलकें झपका दीं। "क्या हुआ बेटी? मेरी बच्ची! जो दिल में है कह डालो। सभी सदेही हैं, एकत्रित हैं मेरे अपने घर में, मुझे और क्या चाहिए, मैं प्रसन्न हूँ!" मैं सुबकने लगी। पिताजी ने मुझे गले लगा लिया मानो

---

[2] रूस में अधिकतर रसोईघर के साथ बालकनी होती है।

छोटी बच्ची हूँ। बस सब इकट्ठे रहें, उन्हें इससे संतुष्टि थी, और इसके लिए वो दिन–रात काम करने के लिए तत्पर थे।

जब मैं अपने घर जा रही थी, तो वो दोनों, माँ और पिताजी, गलियारे में खड़े रहे, और बस सिसकते रहे, और हाथ हिलाते हुए एक ही बात दोहराते रहे, "हम तुम्हें बहुत प्यार करते हैं, हम तुम्हें बहुत चाहते हैं..."

कितना अधिक व कितने कम की आवश्यकता है मनुष्य को आनन्द की प्राप्ति के लिए। सच तो यही है ना?

7

मेरे बचपन का तारा

यूरी बोन्दारेव

निद्रामग्न गाँव में चाँदी से रूपहले खेत शोभायमान थे, और उन सितारों के बीच एक इकलौता तारा, हरे रंग का, ग्रीष्म ऋतु में कोमलता बिखेरता, विशेष रूप से आकाशगंगा की गहराइयों में से प्यार से झिलमिलाते हुए, बुलंदियों से दूर, मानो मेरा पीछा कर रहा हो। जब मैं धूल भरे अंधियारे रास्ते से जा रहा था तो वह (तारा) वृक्षों के बीचों–बीच झिलमिला रहा था, जब मैं भोजपत्र वृक्ष के जंगल के किनारे शांत पड़ी पत्तियों पर रुक गया तब भी वह मुझे निहार रहा था। और जब मैं घर पहुँचा तो स्याह आकाश से वो प्यार से मुझपर अपना प्रकाश बिखेर रहा था।

वो देखो, वो रहा, मैंने सोचा, यह मेरा सितारा है, उज्जवल, हमदर्द, मेरे बचपन का तारा! कब देखा था मैंने इसे? और कहाँ? सम्भवतः, यह मेरा कर्तव्य है कि मैं उसे वह सब दे दूँ, जो कुछ मुझमें श्रेष्ठ है, पुनीत है। कदाचित् इस तारे पर ही मेरी अन्तिम घाटी है, जहाँ मुझे अपने संबंधियों–सा ही मान मिलेगा, जिसकी करुणामयी, सुखद ज्योति मैं इस पल भी महसूस कर सकता हूँ।

क्या यह सृष्टि के साथ संचार नहीं था, जो फलतः आज भी बालपन के रहस्यपूर्ण स्वप्नों की तरह समझ से परे व मनोहारी हैं?

8

तीन प्रश्न

लियो टॉल्स्टॉय

एक बार, एक राजा ने सोचा यदि ऐसी कोई योग्यता होती जो वे जान पाते कि कोई भी कार्य प्रारंभ करने का सही समय क्या है, तो वह हर कार्य सही समय पर ही करते। और अच्छा होता, जो वे यह जान पाते कि कौन से लोग सही हैं जिन्हें सुनना है व कौन से लोगों से बचना है। उससे भी बढ़कर, यदि उन्हें हमेशा यह पता होता कि सबसे महत्त्वपूर्ण कार्य क्या है, तो वे अपने किसी भी कार्य में कभी असफल नहीं होते। यह विचार मन में आते ही उन्होंने अपने पूरे राज्य में यह घोषणा करवा दी कि वह उस विद्वान को पुरस्कार देंगे जो उन्हें ऐसी कार्यकुशलता सिखाएगा कि प्रत्येक कार्य के लिए सही समय क्या है? और सबसे आवश्यक लोग कौन हैं? और वे कैसे जान सकते हैं कि सबसे महत्त्वपूर्ण कार्य क्या है? ऐसा सुनकर विद्वान व्यक्ति राजा के पास आने लगे, उन सभी ने उनके प्रश्नों के भिन्न–भिन्न उत्तर दिए।

पहले प्रश्न के उत्तर में, कुछ ने कहा कि कोई भी कार्य आरंभ करने का सही समय जानने के लिए, पहले से ही दिनों, महीनों और वर्षों की एक समय–सारिणी तैयार करनी चाहिए और उसके अनुसार ही व्यवहार करना चाहिए। केवल इसी प्रकार, उन्होंने कहा, सब कुछ अपने उचित समय पर किया जा सकता है। दूसरों ने कहा कि

प्रत्येक कार्य के लिए पहले से सही समय निश्चित करना असंभव है, इसलिए, अपने आपको व्यर्थ ही अनावश्यक बातों में व्यस्त ना होने दें, हमेशा ध्यानपूर्वक वही करना चाहिए जो सबसे आवश्यक हो। अन्य लोगों ने राजा को सावधान रहने को कहा और बोले कि जो हो रहा है उसके प्रति कितना भी सावधान क्यों न हों, प्रत्येक कार्य के लिए सही समय का सही–सही निर्णय लेना एक व्यक्ति के लिए असंभव है, इसलिए राजा के पास बुद्धिमान व्यक्तियों की एक परिषद् होनी चाहिए जो हर कार्य के लिए उचित समय निश्चित करने में उनकी सहायता करे।

कुछ और लोगों ने कहा कि बहुत से कार्य ऐसे होते हैं जो एक परिषद् के सामने रखे जाने की प्रतीक्षा नहीं कर सकते, ऐसे कार्यों के बारे में तुरंत यह निश्चित करना होता है कि उन्हें करना है या नहीं। यह निश्चित करने के लिए पहले से पता होना चाहिए कि इसका परिणाम क्या होगा। और यह केवल एक जादूगर ही जान सकता है, इसलिए, प्रत्येक कार्य का उचित समय जानने के लिए, राजा को जादूगर से परामर्श लेना चाहिए।

दूसरे प्रश्न के उत्तर भी उतने ही विविध थे। कुछ लोगों ने कहा कि राजा को सर्वाधिक आवश्यकता पार्षदों की होती है; अन्य ने कहा, पुजारी की; कुछ का मानना था कि चिकित्सक आवश्यक है जबकि कुछ ने कहा कि योद्धाओं की सबसे अधिक आवश्यकता होती है।

तीसरे प्रश्न के उत्तर में कि सबसे अमूल्य व्यवसाय कौन–सा है, कुछ ने उत्तर दिया कि विश्व में सबसे महत्त्वपूर्ण विज्ञान है। दूसरों ने कहा कि सबसे अधिक आवश्यक युद्ध कौशल है। अन्य विद्वानों ने कहा कि सबसे मूल्यवान धार्मिक पूजा है।

सभी उत्तर भिन्न–भिन्न होने के कारण, राजा उनमें से किसी से भी संतुष्ट नहीं हुए, और इसीलिए किसी को भी पुरस्कार नहीं दिया। मगर फिर भी अपने प्रश्नों के सही उत्तर पाने की इच्छा रखते हुए, उन्होंने एक संत से परामर्श लेने का निर्णय किया, जो अपनी बुद्धिमत्ता के लिए व्यापक रूप से प्रसिद्ध थे। संत एक जंगल में रहते थे। इससे

पहले संत आम लोगों के अतिरिक्त और किसी से कभी नहीं मिले। इसलिए राजा ने साधारण कपड़े पहने और संत की कुटिया पर पहुँचने से पहले ही अपने घोड़े से उतर गए। अपने अंगरक्षकों को पीछे छोड़कर वे अकेले ही चले गए।

जब राजा कुटिया तक पहुँचे तो संत अपनी कुटिया के सामने धरती खोद रहे थे। संत ने राजा को देखकर उन्हें प्रणाम करके स्वागत किया और खुदाई भी जारी रखी। संत बहुत ही दुर्बल थे और हर बार जब वह अपनी कुदाल धरती में गाड़ते और थोड़ी सी मिट्टी खोदते, तो उन्हें सांस लेना भारी पड़ता।

राजा संत के पास गए और कहा, "बुद्धिमान संत, मैं आपके पास अपने तीन प्रश्नों के उत्तर माँगने आया हूँ, मेरी जिज्ञासा का समाधान करें। पहला, मैं सही समय पर सही कार्य करना कैसे सीख सकता हूँ? दूसरा, वे कौन लोग हैं जिनकी मुझे सर्वाधिक आवश्यकता है, और इसलिए, मुझे दूसरों की तुलना में किस पर अधिक ध्यान देना चाहिए? मेरा अन्तिम प्रश्न है, ऐसा कौन–सा विषय मेरे लिए सबसे महत्त्वपूर्ण है, जिस पर मुझे सबसे पहले ध्यान देने की आवश्यकता है?"

संत ने राजा की बात सुनी, मगर कोई उत्तर नहीं दिया। केवल अपने हाथ पर थूका और फिर खुदाई आरंभ कर दी।

"आप थक गए होंगे," राजा ने कहा, "मुझे कुदाल दे दीजिए, मैं भी आपका कुछ काम कर दूँ।"

"धन्यवाद!" संत ने कहा, और राजा को कुदाल देकर विश्राम करने बैठ गए।

जब दो क्यारियाँ खोदकर तैयार हो गईं, तो राजा रुक गए और उन्होंने अपने प्रश्न दोहराए। संत ने फिर कोई उत्तर नहीं दिया, परन्तु उठकर, कुदाल के लिए अपना हाथ बढ़ाया और कहा, "अब आप थोड़ी देर विश्राम कीजिए और मुझे काम करने दीजिए।" परन्तु राजा ने उन्हें कुदाल नहीं दी और खुदाई जारी रखी। एक घंटा बीत गया, और दूसरा भी। सूर्य भी वृक्षों के पीछे अस्त हो चला, और राजा ने अंततः कुदाल धरती में गाड़ दी और कहा, "बुद्धिमान संत, मैं आपके पास अपने प्रश्नों

के उत्तर ढूँढने के लिए आया था। यदि आप उत्तर नहीं दे सकते, तो मुझे बताइए, मैं तुरन्त अपने घर लौट जाऊँगा।"

"यहाँ किसी के दौड़ने की आवाज़ आई है," संत ने कहा। "आओ देखें कि कौन है।"

राजा ने पीछे मुड़कर देखा तो एक दाढ़ी वाला व्यक्ति जंगल से भागता हुआ आया। उस व्यक्ति ने हाथों से अपना पेट पकड़ रखा था, जिससे रक्त बह रहा था। जब वह राजा के निकट पहुँचा, तो मूर्च्छित होकर भूमि पर गिर पड़ा। वह बहुत जोर से कराह रहा था। राजा व संत ने उस व्यक्ति के कपड़े खोले। उसके पेट में बड़ा घाव था। राजा ने जितना अच्छा हो सका, उसे धोया, और अपने रूमाल और संत के तौलिये से उसे बाँध दिया। मगर रक्त बहना बंद नहीं हुआ, और राजा ने बार–बार रक्त से भीगी पट्टी हटाई, घाव को धोया और फिर से नयी पट्टी की। अंततः रक्त बहना बंद हो गया। कुछ देर में वह व्यक्ति सचेत अवस्था में आया और उसने पीने के लिए जल माँगा। राजा ने ताजा जल लाकर उसे पिलाया। इस बीच सूरज भी पूरी तरह से ढल चुका था और हवा में कुछ ठंडक हो गई थी। अतः राजा ने संत की सहायता से घायल व्यक्ति को कुटिया में ले जाकर पलंग पर लिटा दिया। घायल व्यक्ति ने अपनी आँखें मूँद लीं और चुपचाप सो गया। राजा भी अपने काम से इतना थक गए थे कि वह द्वार पर ही बैठ गए और वहीं उन्हें भी नींद आ गई। इतनी थकान के कारण वह गर्मी की पूरी रात सोते रहे।

जब प्रातःकाल राजा की नींद खुली, तो उन्हें यह याद करने में बहुत देर लगी कि वे कहाँ हैं? वह विचित्र–सी दाढ़ी वाला व्यक्ति कौन है जो पलंग पर लेटा हुआ है व चमकती आँखों से उन्हें बड़े ध्यान से देख रहा है?

"क्षमा चाहता हूँ!" दाढ़ी वाले व्यक्ति ने धीमे स्वर में कहा, जब उसने देखा कि राजा जाग गए हैं और उसे ही देख रहे हैं।

राजा ने कहा, "मैं आपको नहीं जानता और आपको क्षमा करने का मेरे पास कोई कारण नहीं है।"

"आप मुझे नहीं जानते, मगर मैं आपको जानता हूँ। मैं आपका वह शत्रु हूँ, जिसने आपसे प्रतिशोध लेने की शपथ ली थी, क्योंकि आपने मेरे भाई को मार डाला व उसकी सारी संपत्ति छीन ली थी। मैं जानता था कि आप संत से मिलने के लिए अकेले ही गए हैं और मैंने आपको रास्ते में ही मारने का निश्चय किया। मगर दिन बीत गया और आप वापस नहीं आए। तब मैं ही आपको ढूँढने के लिये घात में से निकला और आपके अंगरक्षकों पर आक्रमण कर दिया। उन्होंने मुझे पहचान लिया व घायल करने में सफल हो गए। मैं उनसे बच निकला। यदि आपने मेरे घाव पर पट्टी नहीं बाँधी होती तो मैं लहूलुहान होकर मर जाता। मैं आपको मारना चाहता था और आपने मेरे प्राण बचाए। आज मैं जीवित हूँ, आपका ऋणी हूँ और यदि आप चाहें, तो मैं आपका सबसे विश्वसनीय सेवक बनकर आपकी सेवा करूँगा और अपने पुत्रों से भी ऐसा ही करने को कहूँगा। मैं एक बार फिर आपसे क्षमा चाहता हूँ!"

राजा अपने शत्रु के साथ इतनी सरलता से शांति स्थापित करने और उसे मित्र बनाने पर बहुत प्रसन्न हुए और उन्होंने न केवल उसे क्षमा कर दिया, अपितु कहा कि वह अपने सेवकों और अपने चिकित्सक को उसकी देखभाल करने के लिए भेजेंगे। राजा ने उसकी संपत्ति भी वापस करने का वचन दिया।

घायल व्यक्ति को विदा करने के बाद, राजा बाहर बरामदे में गए और संत को चारों ओर ढूँढा। जाने से पहले वे एक बार फिर उन प्रश्नों के उत्तर जानने की विनती करना चाहते थे जो उन्होंने संत से पूछे थे। संत बाहर घुटनों के बल बैठकर, एक दिन पहले खोदी गई क्यारियों में बीज बो रहे थे।

राजा ने उनके पास जाकर कहा, "अन्तिम बार, मैं आपसे अपने प्रश्नों का उत्तर देने की प्रार्थना करता हूँ, बुद्धिमान संत।"

"आप पहले ही उत्तर दे चुके हैं!" संत ने कहा, जो अपने सामने खड़े राजा की ओर देख रहे थे।

"कैसे उत्तर दिया? आप क्या कहना चाहते हैं?" राजा ने पूछा।

"क्या आप नहीं देख रहे हैं?" संत ने उत्तर दिया।

"यदि आपने कल मेरी दुर्बलता पर दया न की होती और मेरे लिए ये क्यारियाँ न खोदी होतीं, और आप अपने घर लौट जाते, तो वह व्यक्ति आप पर आक्रमण कर देता व आप मेरे साथ न रहने पर पछताते।

तो सबसे महत्त्वपूर्ण समय वह था जब आप क्यारियाँ खोद रहे थे; मैं सबसे महत्त्वपूर्ण व्यक्ति था और मेरा भला करना आपका सबसे महत्त्वपूर्ण कार्य था।

इसके बाद जब वह व्यक्ति हमारे समीप से दौड़ा, तब सबसे महत्त्वपूर्ण समय वह था जब आप उसकी सेवा कर रहे थे, क्योंकि यदि आप उसके घावों पर पट्टी न बाँधते तो वह आपके साथ शांति स्थापित किए बिना मर जाता।

तो वह सबसे महत्त्वपूर्ण व्यक्ति था और आपने उसके लिए जो किया वह आपका सबसे महत्त्वपूर्ण कार्य था।

तब याद रखें, केवल एक ही समय महत्त्वपूर्ण है, अभी! यह सबसे महत्वपूर्ण समय है क्योंकि यही एकमात्र समय है जब हमारे पास कोई शक्ति होती है। सबसे आवश्यक व्यक्ति वह है जिसके साथ आप हैं, क्योंकि कोई भी व्यक्ति नहीं जानता कि वह कभी किसी और के साथ व्यवहार करेगा या नहीं। सबसे महत्त्वपूर्ण बात उस व्यक्ति का भला करना है, क्योंकि केवल इसी उद्देश्य के लिए व्यक्ति को इस जीवन में भेजा गया है।"

9

कासे कहूँ पीड़ अपने जिया की

आंतोन चैख़व

साँझ हो चली है। लालटेन अपनी रोशनी बिखेरने के साथ–साथ बर्फ़ की चादर भी ओढ़े हुए है। और छतों, घोड़ी की पीठ, कंधों, टोपियों पर एक पतली, मुलायम परत चढ़ चुकी है। गाड़ीवान ईयोना पोतापोव बर्फ़ में लिपटे भूत की तरह सफ़ेद दिख रहा है। वह वहाँ तक झुका हुआ है जहाँ तक जीवित शरीर झुक सकता है, घोड़ी पर बैठा है और हिलता ही नहीं है। यहाँ तक कि यदि एक पूरा हिमपात भी उसपर गिर जाए, तब भी, वह बेअसर जड़ होकर बैठा रहेगा, बर्फ़ झाड़ने का प्रयत्न तक नहीं करेगा... उसकी घोड़ी भी बर्फ़ से ढकी हुई है व गतिहीन है। इसकी गतिहीनता, इसके आकार की कोणीयता और इसके पैरों की छड़ जैसी अकड़न, वह किसी असली घोड़ी की तुलना में खिलौने की घोड़ी की तरह अधिक दिखती है। ईयोना किसी सोच में मग्न है। एक ऐसा जीव, जिसे उसके अपने खेमे, परिवार वालों से, दोस्तों से, हरे घास के मैदानों से, सामान्य भूरे रंग की तस्वीरों से दूर कर यहाँ की राक्षसी रोशनी, चाबुक की आवाज़ व बेचैन और दौड़ते लोगों से भरे इस कुंड में फेंक दिया गया है।

ईयोना और उसकी घोड़ी लंबे समय से अपनी जगह से हिले नहीं हैं। वे दोपहर के भोजन से पहले यार्ड छोड़ गए और उसे अभी भी सवारी नहीं मिली है। वह अपनी घोड़ागाड़ी के साथ यूँ ही खड़ा है।

अब तो शाम की धुंध भी शहर पर उतर चुकी है। लालटेन की रोशनी का फीकापन जीवित चित्रकारी–सा रास्तों पर फैल गया है। सड़क की उथल–पुथल, शोर में परिवर्तित हो चुकी है।

"गाड़ीवान, वीबोर्गस्काया के लिए!" ईयोना सुनता है। "गाड़ीवान!"

ईयोना ठंड से काँप रहा है और बर्फ़ से ढकी अपनी पलकों के मध्य से, वह हुड वाले ओवरकोट में एक सैनिक को देखता है।

"वीबोर्गस्काया के लिए!" सैनिक दोहराता है। "क्या तुम सो रहे हो? वीबोर्गस्काया के लिए!" हामी भरते हुए, ईयोना लगाम खींचता है, जिससे घोड़ी के पीठ व उसके कंधों से बर्फ़ की परतें गिरती हैं ... सैनिक घोड़ागाड़ी में बैठ जाता है। चालक अपने होंठों को चबाता है, अपनी गर्दन को हंस की तरह आगे फैलाता है, ख़ुद को खींचकर ऊपर उठाता है और आदतन अपना चाबुक आवश्यकता से अधिक लहराता है। घोड़ी भी बेचैन होकर अपनी गर्दन खींचती है, ईयोना अपनी छड़ी जैसे पैरों को मोड़ता है और हिचकिचाते हुए अपनी जगह से चलता है।

ईयोना अंधेरे में आवाज़ें सुनता है। "तुम कहाँ जा रहे हो?" "जहाँ शैतान ले जाएँ।" "इसे ठीक से पकड़ कर रखो!"

"तुम सही चलाना नहीं जानते! लगाम ठीक से पकड़ कर रखो!" सैनिक क्रोध करता है।

सड़क पार करते हुए एक राहगीर का कंधा घोड़े की थूथन(नाक) से रगड़ जाता है। वह उसे गुस्से में देखता है और बर्फ़ को हिलाकर अपनी आस्तीन से हटाता है। ईयोना संदूक पर बैठकर इस तरह कुलबुलाता है, जैसे कि पिन या सुइयों पर बैठा हो; अपनी कोहनी को झटकाता है और पागल की तरह अपनी आँखें इस तरह घुमाता है, जैसे कि वह नहीं समझता कि वह कहाँ है और यहाँ क्यों है।

"सब बदमाश हैं!" सैनिक चेतावनी देता है। "आप लोगों की टक्कर हो सकती है या घोड़ी के पैरों तले दब सकते हैं।"

ईयोना पीछे मुड़कर सवारी की ओर देखता है और अपने होंठ हिलाता है... स्पष्ट है कि वह कुछ कहना चाहता है, लेकिन उसके गले से सिवाय फुसफुसाहट के कुछ नहीं निकलता।

"क्या?" सिपाही पूछता है।

ईयोना ने मुस्कराते हुए अपना मुँह घुमा लिया। अपना गला साफ कर कहता है, "और मेरा, सर, ... मेरे बेटे की इस सप्ताह मृत्यु हो गई।"

"हम्म!..कैसे हुई मृत्यु?"

ईयोना सवार की ओर मुड़ कर कहता है, "कौन जानता है! शायद बुखार से... वह तीन दिन तक अस्पताल में रहा और फिर समाप्त हो गया... जैसी भगवान की इच्छा।"

"अरे, सामने देखो शैतान! लगाम सँभाल कर रखो। अपनी आँखों से देखो!" सड़क पर चलता हुआ कोई व्यक्ति कहता है।

"चलाओ, चलाओ..." सवार कहता है। "इस हाल से हम वहाँ कल तक भी पहुँच नहीं पाएँगे। तेज चलाओ!"

गाड़ीवान फिर से अपनी गर्दन खींचता है, ख़ुद को ऊपर उठाता है और भारी अनुग्रह के साथ चाबुक लहराता है। कई बार बाद में वह सवारी को मुड़–मुड़ कर देखता है, लेकिन उसने अपनी आँखें बंद कर रखी हैं। स्पष्ट है वह कुछ सुनने का इच्छुक नहीं है।

सवारी को वीबोर्गस्काया उतारने के बाद, वह मधुशाला में रुकता है, घोड़ी पर झुकता है, और फिर से हिलता नहीं है ... गीली बर्फ़ फिर से उसे और घोड़ी को सफेद रंग देती है। एक घंटा बीत जाता है, दूसरा, तभी तीन नौजवान, फुटपाथ पर जोर–जोर से गाली–गलौच करते हुए, आपस में झगड़ते व मारपीट करते हुए आते हैं। उनमें से दो लंबे और पतले हैं, तीसरा छोटा और कुबड़ा है।

"गाड़ीवान, पुलिस ब्रिज चलोगे?" कर्कश स्वर में कुबड़ा चिल्लाता है। "हम तीन लोग हैं, 20 कोपेक देंगे।"

ईयोना घोड़ागाड़ी पर बैठकर चाबुक घुमाता है। पुलिस पुल तक जाने के लिए 20 कोपेक बहुत कम हैं पर ईयोना के पास ये सब सोचने का समय नहीं है। केवल सवार होंगे ... नौजवान धक्का दे रहे हैं और तीनों तुरंत सीट पर चढ़ जाते हैं। प्रश्न का समाधान निकालते हैं, किन दो को बैठना चाहिए और किस तीसरे को खड़ा

रहना चाहिए? एक लंबी बहस, तकरार और तिरस्कार के बाद वे इस निर्णय पर पहुँचते हैं कि कुबड़ा सबसे छोटा है, उसे ही खड़ा होना चाहिए।

"ठीक है, चलाओ गाड़ीवान!" कुबड़ा कहता है और ईयोना के सिर के पिछले भाग की ओर खड़ा हो जाता है।

"पागल! हाँ, और तुम्हारे पास क्या टोपी है, भाई! पूरे सेंट पीटर्सबर्ग में इससे बुरी टोपी नहीं मिलेगी..."

"जी... जी..." ईयोना हँस दिया। "जैसी भी है..."

"हाँ हाँ, जैसी भी है, अच्छा, अब तुम गाड़ी चलाओ! तो क्या तुम पूरे रास्ते ऐसे ही हाँकोगे गाड़ी? गर्दन पे दूँ क्या?"

"मेरा सिर दर्द से फटा जा रहा है ..." लंबे युवकों में से एक ने कहा। "कल दुकमासोवा में, वास्का और मैंने कॉन्यैक की चार बोतलें एक साथ पी लीं।"

"मुझे समझ नहीं आता कि तुम झूठ क्यों बोलते हो!" दूसरे लम्बे युवक ने क्रोध से कहा। "एक जानवर की तरह झूठ बोलते हो।"

"भगवान मुझे दंड दें, वास्तव में ..."

"यह उतना ही सच है जितना कि जूँ का खाँसना।"

"जी!" ईयोना मुस्कुराता है। "खुशमिज़ाज सज्जनों!"

"उह, दफ़ा हो तुम!..." कुबड़ा क्रोधित होता है। "तू चलाएगा, पुराने हैजे, या नहीं? ऐसे ही गाड़ी चलाते हैं क्या? घोड़ी को चाबुक मार! धिक्कार है! ठीक से मार!"

ईयोना को अपनी पीठ के पीछे रगड़ता हुआ शरीर और कुबड़े की काँपती हुई आवाज़ महसूस होती है। जो दुर्व्यवहार वह करता है, ईयोना सब सुनता है, लोगों को देखता है और अकेलेपन की भावना धीरे–धीरे उसके सीने में और भी बस जाती है। कुबड़ा तब तक डाँटता है जब तक कि उसका दम घुटने नहीं लगा, एकदम छह मंजिला अपशब्द और खाँसने पर भी नहीं रुकता।

लंबे युवक किसी नाद्येज़्दा पित्रोव्ना के बारे में बात करने लगते हैं। ईयोना पीछे मुड़कर उनकी ओर देखता है। कुछ क्षण प्रतीक्षा करने के

पश्चात्, वह फिर से उन्हें देखता है और बुदबुदाता है, "इस सप्ताह...मेरे बेटे...मेरे बेटे की मृत्यु हो गई।"

"सबको एक दिन मर जाना है।" फुफकारते हुए कुबड़ा बोलता है और खाँसकर अपने होंठों को पोंछते हुए आहें भरता है। "हाँक, हाँक, अच्छा, तू गाड़ी हाँक। मित्रों, मैं इस तरह बिल्कुल नहीं चल सकता! यह हमें इस तरह कब पहुँचाएगा?"

"पुराने हैजे, सुन रहा है ना? आख़िरकार, मैं अपनी गर्दन पर कील ठोक रहा हूँ! तेरे भाई के साथ समारोह में खड़े होने के लिए..., तो पैदल ही चलें...! तू सुन रहा है न, अजगर? या तुझे हमारी बातों की परवाह नहीं है?"

"अबे तू इसे एक बार झटका दे ना... गर्दन पे!"

और ईयोना सिर के पिछले हिस्से पर एक जोरदार मुक्का महसूस करता है।

"उह ..." वह हँसता है। "मेरे ख़ुशमिज़ाज सज्जनों ... भगवान सबको स्वस्थ रखें!"

"गाड़ीवान, क्या तुम विवाहित हो?" लंबा पूछता है।

"मैं...? जी...हह ...मेरे ख़ुशमिज़ाज सज्जनों! अब मेरी एक ही पत्नी है, वह है सीली धरती ... ही–हो–हो ... एक क़ब्र, मतलब...क़ब्र की गीली मिट्टी... मेरे अपने बेटे की मृत्यु हो गई है, और मैं ... मैं अभी तक जीवित हूँ... विचित्र बात है, मृत्यु मेरे द्वार पर खड़ी थी, मगर वह भी रास्ता भटक गई और मुझे छोड़, मेरे बेटे को ले गयी।"

और ईयोना पीछे की तरफ घूमता है यह बताने के लिए कि उसका बेटा कैसे मरा, लेकिन फिर कुबड़ा आह भरते हुए कहता है कि, शुक्र है भगवान का, हम अंत में पहुँच ही गये। 20 कोपेक प्राप्त करने के पश्चात्, ईयोना, उनके अंधेरे प्रवेश द्वार में लुप्त होने के बाद भी, लंबे समय तक उन्हें देखता रहता है। अब वह फिर से अकेला है, और फिर से उसके लिए सन्नाटा छा जाता है ... थोड़ी देर के लिए थमी उदासी फिर से उभर आती है और वह सीने पर पड़े पत्थर के भारीपन को और भी अधिक महसूस करता है। ईयोना की व्याकुल व सताई हुई

नज़रें सड़क के दोनों ओर भागती भीड़ के बीच दौड़ती हैं। क्या इन हज़ारों लोगों में से एक भी ऐसा इन्सान नहीं है, जो उसके दुःख को बाँट सके? मगर भीड़ अपनी व्यस्तता में भागी जा रही है। उन्हें ना तो ईयोना और ना ही उसकी पीड़ा की भनक थी। एक तड़प जिसकी गहराई की कोई सीमा नहीं है।

ईयोना के दिल को अगर चीरकर, उसकी उदासी, पीड़ा को बाहर बहने दिया जाए, तो उसमें वह शक्ति है कि पूरे संसार में बाढ़ आ जाए। मगर फिर भी इसे कोई नहीं देख सकता है। किसी प्रकार यह दुःख ऐसे छोटे–से खोल में विलीन होने में सफल रहा है कि आप दिन के उजाले में भी इसे बाहर नहीं कर पाएँगे ...

ईयोना एक चौकीदार को कागज़ के थैले के साथ देखता है और उससे बात करने का निश्चय करता है।

"भाई, अभी क्या बज रहे होंगे?" वह पूछता है।

"दस बजे हैं भाई... तुम अब भी यहीं हो? जाओ यहाँ से।"

ईयोना कुछ क़दम दूर हटता है, झुक जाता है और अपने दुःख के सामने आत्मसमर्पण कर देता है... अब वह इंसानों से अपने दुःख को साझा करना व्यर्थ समझता है। लेकिन पाँच मिनट से भी कम समय में वह सीधा हो जाता है और अपना सिर ऐसे हिलाता है, मानो उसे चुभन भरी पीड़ा का अनुभव हुआ हो, और लगाम खींच रखी हो ... कष्ट असहनीय है।

चलो, वापस चलते हैं, वह सोचता है। और वापस अस्तबल की ओर बढ़ जाता है!

उसकी घोड़ी ने मानो उसके मन को पढ़ लिया है। वह भी डगमगाती हुई चल पड़ी। डेढ़ घंटे बाद, ईयोना एक जगह बैठ जाता है। लोग चूल्हे पर, धरती पर, बेंचों पर खर्राटे ले रहे हैं। हवा भी ज़हरीली और घुटन भरी है ... ईयोना सोते हुए लोगों को देखता है, खुजलाते हुए पछतावा करता है कि वह क्यों अभी से घर लौट आया।

आज मैं एक समय का पर्याप्त भोजन नहीं जुटा पाया, वह सोचता है। *मेरे लिए यही असली दुःख है... एक आदमी जो अपने काम*

को जानता है... जिसने अच्छा खाया व अपनी घोड़ी को भी भरपेट खिलाया... ऐसा व्यक्ति हमेशा शान्त रहना चाहिए...

एक कोने में एक युवा गाड़ीवान उठता है, नींद में जम्हाई लेता है और फिर पानी की बाल्टी लेने पहुँचता है।

"पीने की इच्छा हो आई?" ईयोना पूछता है।

"तो, पी लो!"

"तो ... तुम्हारे अच्छे स्वास्थ्य के लिए ... और मेरे भाई, जहाँ तक मेरी बात है, मेरा बेटा मर गया है। सुना तुमने? इसी सप्ताह अस्पताल में... क्या कहानी बताऊँ!"

ईयोना देखता है कि उसके शब्दों का क्या प्रभाव होता है, किन्तु युवा गाड़ीवान बेअसर, अपने सिर को ढक कर फिर से सो चुका था। बूढ़ा आहें भरता है और अपने को नोचता है... जवान को जिस प्रकार प्यास लगी, उसी प्रकार वह भी बात करना चाहता है। कुछ ही समय में बेटे को मरे हुए एक सप्ताह हो जाएगा, और उस की अभी तक आते–जाते हृदय खोलकर किसी से भी बात नहीं हो पाई है... उसे इसके बारे में गंभीरता से, उद्देश्य के साथ बोलने की आवश्यकता है ... उसे सब कुछ बताने की आवश्यकता है, उसका बेटा कैसे बीमार हुआ, और उसने कैसे कष्ट सहे, अपनी मृत्यु से पहले बेटे ने क्या कहा, और उसकी मृत्यु कैसे हुई... उसके अंतिम संस्कार और मृतक के कपड़ों के लिए अस्पताल की यात्रा का वर्णन करने की आवश्यकता है। उसकी बेटी अनीसा गाँव में ही रह गई। उसके बारे में बात करने की आवश्यकता है... लेकिन वह अब उसके बारे में किससे, और क्या बात कर सकता है? सुनने वाले को कराहना चाहिए, आहें भरनी चाहिए, विलाप करना चाहिए. .. महिलाओं से बात करना और भी अच्छा है। यद्यपि वे मूर्ख होती हैं, लेकिन वे हमेशा ध्यान से सुनती हैं व दो शब्द सुनकर ही दहाड़ मारने लगती हैं।

जाकर घोड़ी को देखूँ, ईयोना सोचता है।

वह कपड़े पहनता है और उस अस्तबल में जाता है जहाँ उसकी घोड़ी खड़ी है। वह जई, घास, मौसम के बारे में सोचता है। जब वह अकेला होता है, तो वह अपने बेटे के बारे में नहीं सोच सकता। वह उसके बारे में किसी से बात कर सकता है। लेकिन अकेले में उसकी छवि से हृदय में असीम वेदना होती है।

"तुम क्या चबा रही हो?" ईयोना ने अपनी घोड़ी की चमकती आँखों को देखकर उससे पूछा। "ठीक है, चबाओ, चबाओ ... अगर हम जई के लिए बाहर नहीं गए, तो हम घास खाएँगे ... हाँ ... मैं अब बूढ़ा हो चला हूँ ... मेरे बेटे को गाड़ी चलानी चाहिए, मुझे नहीं ... वो असली गाड़ीवान था... बस वह जीवित रहता तो..."

ईयोना थोड़ी देर के लिए चुप हो जाता है और पुनः आरंभ करता है, "हाँ तो, फिली... कुज्मा इओनिच चला गया ... उसको लंबे समय तक जीवित रहना चाहिए था। लेकिन वह अपने समय से पूर्व ही चला गया... यह बात तुमको कैसे समझाऊँ? अब, मान लो, तुम्हारा एक बच्चा है, तुम उसकी माँ हो ... और अचानक, मान लो... इस बच्चे का जीवन लंबा होना चाहिए था... क्या दुःख की बात है यह, है ना?

घोड़ी चबाना जारी रखती है, सुनती है और अपने मालिक के हाथों में साँस लेती है...

ईयोना अपने दुःख को और नहीं झेल पाता और अपनी व्यथा की पूरी कहानी, वह अपनी मूक घोड़ी की पीठ सहलाते–सहलाते कह डालता है।

10

मुर्गी के अंडे जितना बड़ा अनाज

लियो तॉल्स्तॉय

एक दिन कुछ बच्चों को एक गड्ढे में मुर्गी के अंडे के पास अनाज के दाने जैसी कोई वस्तु मिली, जिसके बीच में एक धारी–सी थी। पास से जा रहे एक राहगीर ने उसको देखा, उसे एक पैसे में बच्चों से खरीदा और शहर ले जाकर राजा को एक दुर्लभ वस्तु के रूप में बेच दिया।

राजा ने अपने बुद्धिमानों को बुलवा भेजा और उनसे कहा कि ठीक से बताएँ कि यह क्या है – अंडा या अनाज?

बुद्धिमानों ने सोचा, और बहुत सोचा, मगर उसका सिर, पूँछ कुछ ना बता सके। यह दाने जैसी वस्तु खिड़की पर पड़ी थी कि एक मुर्गी उड़कर आई और उसे तब तक चोंच मारती रही जब तक कि उसमें छेद नहीं हो गया। हर किसी ने देखा कि यह अनाज का दाना है। बुद्धिमानों ने आकर राजा से कहा, "यह राई का दाना है।"

राजा आश्चर्य में पड़ गए। उन्होंने विद्वानों को आदेश दिया कि यह पता लगाएँ कि ऐसा अनाज कहाँ और कब उगाया गया था। विद्वानों ने फिर विचार किया, अपनी पुस्तकों में ढूँढा, मगर उनके हाथ कुछ भी नहीं लगा। वे राजा के पास आकर बोले, "हमें कोई उत्तर नहीं मिला। हमारी पुस्तकों में इसके बारे में कुछ भी नहीं लिखा है। आपको

शायद किसानों से पूछना होगा, कि क्या उन्होंने अपने पिता या बुजुर्गों से कभी सुना है कि ऐसा अनाज कब और कहाँ बोया गया था?"

इसलिए राजा ने आदेश दिया कि किसी वृद्ध किसान को उनके समक्ष लाया जाए। उनके सेवक ऐसे ही एक वृद्ध व्यक्ति को लेकर आए। उसका शरीर पीला पड़ चुका था, वह दंतहीन था, और दो बैसाखियों के सहारे भी बहुत ही कठिनाई से भीतर प्रवेश करने में सफल हुआ।

राजा ने उसे अनाज का दाना दिखाया, लेकिन वृद्ध की दृष्टि कमज़ोर हो चुकी थी। वह कठिनाई से ही कुछ देख पाया। किसी तरह उसने आधा देखा और आधा अपने हाथों से छूकर देखा। राजा ने उससे पूछना शुरू किया, "क्या आपको पता है कि ऐसा अनाज कहाँ बोया जाता था? या कभी आपने अपने खेतों में ऐसा अनाज बोया है? ऐसा अनाज आपने अपने जीवनकाल में कहीं ख़रीदा है?" वृद्ध लगभग बहरा था। उसने कम सुना, कम समझा। उत्तर में उसने बताया कि अपने खेत में उसने ऐसा अनाज कभी नहीं बोया और ना ही कभी कटाई की, कभी ख़रीदा भी नहीं। और जब भी अनाज ख़रीदा गया तो दाने इतने ही छोटे होते थे जितने अब हैं। बूढ़े ने कहा, "फिर भी अच्छा होगा कि मेरे पिता से पूछ लिया जाये। हो सकता है उन्होंने सुना हो कि ऐसा अनाज कहाँ बोया गया था।"

राजा ने वृद्ध के पिता को अपने पास लाने का आदेश दिया। वृद्ध के पिता को ढूँढकर राजा के सामने लाया गया। एक बैसाखी के सहारे वृद्ध के पिता आए। राजा ने उनको अनाज दिखाया। वह अभी भी अपनी आँखों से अच्छी तरह देख सकते थे। राजा ने उनसे प्रश्न किया, "क्या आपको ऐसी कोई जानकारी है कि ऐसा अनाज आपके समय में कहाँ बोया जाता था? क्या अपने खेत में आपने कभी ऐसा अनाज बोया है? या फिर अपने समय में आपने कभी ऐसा अनाज ख़रीदा?"

"नहीं," उसने कहा, "मैंने अपने खेत में ऐसा अनाज कभी नहीं बोया और न ही काटा। जहाँ तक ख़रीदने की बात है, मैंने कभी ऐसा अनाज नहीं ख़रीदा, क्योंकि मेरे समय में रुपये का चलन नहीं था। सब

अपना–अपना धान उगाते थे और जब कोई आवश्यकता होती तो हम एक–दूसरे के साथ अदला–बदली कर लेते थे। मुझे नहीं पता कि ऐसा अनाज कहाँ बोया गया था। यद्यपि हमारा अनाज वर्तमान से अधिक बड़ा और अधिक कड़क था, फिर भी मैंने कभी ऐसा कुछ नहीं देखा। मैंने पिताजी को कहते सुना था कि उनके समय में, रोटी आज के समय से अधिक अच्छी थी। आपको उन्हीं से पूछना चाहिए।"

तब राजा ने उस वृद्ध के पिता को भी बुलावा भेजा। वह बिना बैसाखी के सरलता से चलने में समर्थ था। वह आँखों से साफ़ देख रहा था कानों से सही सुन पा रहा था। वह स्पष्ट बात कर रहा था। राजा ने दादाजी को अनाज दिखाया। वृद्ध दादा ने उसकी ओर देखकर कहा, "एक लंबे अरसे से मैंने पुराना अनाज नहीं देखा है।" दादाजी ने अन्न का एक दाना चबाकर देखा ।

"यही है," उन्होंने कहा।

राजा ने पूछा, "बताओ दादा, ऐसा अनाज कहाँ बोया जाता था? क्या आपने अपने खेत में ऐसा अनाज कभी बोया था? या आपने अपने जीवनकाल में कभी लोगों से खरीदा?"

वृद्ध ने कहा, "मेरे जीवनकाल में ऐसा अन्न हर जगह उगाया जाता था।" उन्होंने बताया कि इसी अनाज से वे न केवल अपना अपितु और लोगों का भी भरण–पोषण करते थे।

राजाजी ने फिर पूछा, "तो बताओ दादा, आपने इतना अनाज कहाँ से खरीदा, या अपने ही खेत में बोया?"

वृद्ध ने चुटकी लेते हुए कहा, "मेरे समय में अनाज बेचने या खरीदने जैसा पाप करने की कोई सोच भी नहीं सकता था। और रुपयों के बारे में तो कोई जानता ही नहीं था। सभी के पास अपने–अपने पर्याप्त अन्न भंडार थे। मैंने भी आप ही अपना अनाज बोया, काटा और पीसा।"

राजा ने पूछा, "तो आप बताओ दादाजी, आपने ऐसा अन्न कहाँ बोया और आपका खेत कहाँ था?"

वृद्ध ने उत्तर दिया, "मेरा खेत था – भगवान की भूमि। मैं जहाँ भी जोतता था, वहीं मेरा खेत था। भूमि अंकुश मुक्त थी। एकमात्र भूमि ही

थी जिसे कोई मनुष्य अपना नहीं कहता था। केवल श्रम ही था जिसे सब अपना कहते थे।"

राजा ने कहा, "मेरे दो और प्रश्न हैं, जिनका मुझे उत्तर चाहिए। पहला प्रश्न यह है कि उस समय ऐसे अनाज की खेत में बुवाई कैसे होती थी, और अब ठीक वैसी खेती क्यों नहीं की जाती? और दूसरा प्रश्न है, कि आपका पोता दो बैसाखियों का सहारा लेकर क्यों चलता है? आपका बेटा एक बैसाखी के सहारे आया, और आप स्वयं सरलता से आ गए? आपकी आँखों में चमक है व आपके दाँत मजबूत हैं, आपकी भाषा स्पष्ट और मेरे कानों को सुखद लग रही हैं। मेरी जिज्ञासा दूर करो दादाजी। मेरे मन में ये दो प्रश्न क्यों उठ रहे हैं?" वृद्ध ने उत्तर दिया, "ये प्रश्न इसलिए उठ रहे हैं, क्योंकि लोगों ने परिश्रम करना बंद कर दिया है और दूसरों के श्रम पर निर्भर रहने लगे हैं। हमारे समय में ऐसा नहीं था। मनुष्य परमेश्वर के बनाए नियमानुसार रहते थे। उनके पास जो कुछ भी था सब अपना था। और वो दूसरों से लाभ नहीं उठाते थे।"

11

याचक

आंतोन चैख़व

"श्रीमान, आप दयालु हैं जो आपकी दृष्टि मुझ गरीब, भूखे पर पड़ी। मैंने तीन दिनों से भोजन चखा तक नहीं है। यहाँ तक कि मेरे पास रात बिताने के लिए किराए के पाँच कोपेक तक नहीं हैं। भगवान की शपथ लेता हूँ! आठ वर्ष तक मैं एक गाँव के विद्यालय में शिक्षक था। ऊपर बैठे लोगों की चालाकियों के चलते नौकरी गँवा बैठा। मैं झूठी गवाही का शिकार बन गया। एक वर्ष से बेरोज़गार भटक रहा हूँ।"

बैरिस्टर स्क्वार्त्सोफ़ की दृष्टि याचक के गहरे नीले व तार–तार हुए कोट पर पड़ी। उन्होंने उसकी नशे से धुँधली शराबी आँखें, गालों पर पड़े लाल धब्बे देखे। उन्हें लगा कि इस आदमी को पहले कहीं देखा है।

"और अब मुझे कलूगा जिले में नौकरी मिली है।" याचक बिना रुके बोलता गया, "पर वहाँ जाने का मेरे पास कोई साधन नहीं है। सहायता करें, श्रीमान, दया करें मुझपर! शर्म तो आ रही है, मगर... परिस्थितयाँ मेरे विपरीत हैं।"

स्क्वार्त्सोफ़ ने उसके रबड़ के जूतों को देखा, जिनमें से एक नाप में छोटा और एक बड़ा था। अचानक उनको याद आया।

"सुनो, मुझे लगता है कि तीन दिन पहले मैं तुमसे सदोवाया मार्ग पर मिला था। मगर तुमने तो मुझसे कहा था कि तुम एक छात्र हो जिसे निष्कासित कर दिया गया है। याद आया?" उन्होंने उससे कहा।

"न...ना... नहीं, यह नहीं हो सकता!" वह शर्माते हुए बुदबुदाया। "मैं ग्रामीण शिक्षक हूँ, यदि आप चाहें तो काग़ज़ दिखा सकता हूँ।"

"झूठ मत बोलो! तुमने अपने आपको एक छात्र बताया था और मुझे यह भी बताया था कि तुमको निष्कासित क्यों किया गया। याद आया?" स्क्वात्सोंफ़ गुस्से से लाल हो गए व घृणा से उससे दो कदम पीछे हट गए।

वे फिर क्रोध से चिल्लाए, "बहुत नीच हो तुम। मैं तुम्हें पुलिस को सौंप दूँगा, लानत है तुम पर। तुम गरीब हो, भूखे हो, लेकिन यह तुमको इतनी बेशर्मी से झूठ बोलने का अधिकार नहीं देता।"

याचक दरवाज़े के हत्थे को पकड़कर पकड़े गए चोर की भाँति आश्चर्य से दालान में चारों ओर देखने लगा।

"मैं...मैं झूठ नहीं बोल रहा......," वह बुदबुदाया, "मैं काग़ज़ दिखा सकता हूँ... ।"

"तुम्हारा विश्वास कौन करेगा?" गुस्से से क्रोधित होते हुए स्क्वात्सोंफ़ ने कहा, "गाँव के शिक्षकों व गरीब विद्यार्थी के प्रति समाज की सहानुभूति का लाभ उठाना बहुत ही नीच, गंदा और घिनौना काम है, अपमानजनक है।"

स्क्वात्सोंफ़ आगबबूला हो गए और याचक को बहुत भला–बुरा कहने लगे। अपने अड़ियल, निर्लज्ज झूठ के कारण उसने उनमें घृणा और चिढ़ पैदा कर दी थी। उसने स्क्वात्सोंफ़ की भावनाओं का अपमान किया था, उन भावनाओं का, जो उन्हें अपने चरित्र में सबसे मूल्यवान लगती थीं; जैसे– करुणा, एक संवेदनशील हृदय, अभागों पर परोपकार। याचक के झूठ ने निश्चित रूप से उन भिक्षाओं को अपवित्र कर दिया, जो वह इतनी ईमानदारी से निर्धनों को देना पसंद करते थे।

याचक ने पहले तो स्वयं को सही ठहराया, कसम खाई, लेकिन फिर चुप हो गया और फिर लज्जित होकर अपना सिर झुका लिया।

उसने अपने हृदय पर हाथ रखते हुए कहा, "श्रीमान! मैंने वास्तव में झूठ ही बोला। मैं ना तो कोई छात्र हूँ और ना ही ग्रामीण शिक्षक। यह सब केवल एक कल्पना है! मैं तो एक रूसी संगीत मंडली में काम करता था, और वहाँ से मुझे नशे की लत के कारण निकाल दिया गया। तब मैं क्या करता? मुझपर विश्वास करो, झूठ के बिना सब असंभव है! जब मैं सच बोलता हूँ, तो कोई मुझे भिक्षा तक नहीं देता। सच्चाई के साथ आप भूखों मर जाएँगे और रात भर बेघर, ठण्ड में ठिठुरकर मौत के मुँह में चले जाएँगे! आप का तर्क सही है, मैं समझता हूँ, लेकिन... मैं क्या करूँ?"

"क्या करना चाहिए? तुम पूछ रहे हो कि क्या करना है?" स्क्वात्र्सोफ़ उसके पास आकर जोर से चिल्लाए, "काम करो, यही करना है! तुम्हें काम करने की आवश्यकता है!"

"काम ... यह तो मैं भी समझता हूँ, लेकिन मुझे काम कहाँ मिल सकता है?" याचक ने कहा।

"कोरी बकवास! तुम युवा हो, स्वस्थ व ताक़तवर हो और चाहोगे तो नौकरी भी अवश्य मिल जाएगी। मगर तुम आलसी व बिगड़ैल हो, नशेड़ी हो। तुम्हारे मुँह से वोदका की बू आ रही है जैसे किसी शराब की दुकान से आती है। तुम्हारी झूठ बोलने की आदत ने ख़ून की एक–एक बूँद तक को आलसी बना दिया है और केवल भीख माँगने और झूठ बोलने में ही तुम सक्षम हो। ग़लती से भी यदि तुम कभी भी काम करने के लिए तैयार हो जाओ, तो बस किसी कार्यालय में, या संगीत मंडली में या कहीं और जहाँ कोई काम किए बिना ही पैसा कमा सको। क्या तुम शारीरिक श्रम नहीं करना चाहोगे? मुझे लगता है कि तुम चौकीदार या किसी कारख़ाने में नहीं जाओगे। ख़ुद को बहुत बड़ा समझते हो।"

"वास्तव में, आप क्या कहते हैं," याचक ने एक व्यंग्यपूर्ण मुस्कान के साथ कहा। "मुझे शारीरिक श्रम कहाँ मिल सकता है? मैं किसी दुकान में काम नहीं कर सकता, क्योंकि व्यापार तो बचपन से ही सीखना पड़ता है, कुली के रूप में काम करने के लिए मैं कुलीन परिवार से हूँ। और किसी कारखाने में काम करने के लिए, कोई तो काज आना ही चाहिए, और मैं... मैं तो कुछ भी नहीं जानता।"

“फिर बकवास! तुम बस सदा बहाने ही ढूँढोगे! अच्छा, क्या तुम लकड़ी फाड़ोगे?”

“मैं मना नहीं करूँगा, लेकिन आजकल तो असली लकड़हारे भी बिना रोटी के बैठे हैं।”

“सभी परजीवी ऐसी ही बात करते हैं। कोई भी प्रस्ताव दो, वो बहाना बनाकर मना कर देंगे। क्या तुम मेरे लिए लकड़ी काटने का काम करना चाहोगे?”

“जी, मैं अवश्य करूँगा... ।”

“बहुत अच्छा, चलो देखते हैं ... बहुत बढ़िया ... हम देखेंगे।” स्क्वार्त्सोफ़ ने तुरंत और बिना किसी द्वेष के, अपने हाथों को रगड़ते हुए, रसोईघर से अपनी भोजन बनाने वाली को बाहर बुलाया।

“ओल्गा, इन सज्जन को लकड़ी की कोठरी में ले जाओ और लकड़ी काटने को दे दो।”

याचक ने अपने कंधे सिकोड़ लिए व अनमना–सा, हिचकिचाहट के साथ उसके पीछे चल पड़ा। उसके चलने से यह स्पष्ट था कि वह लकड़ी काटने के लिए तैयार इसलिए नहीं हुआ था कि वह भूखा था और पैसा कमाना चाहता था, बल्कि केवल शर्म से, क्योंकि उसके बहाने पकड़े गए थे। यह भी ध्यान देने वाली बात थी कि वोदका पीने के कारण वह बहुत दुर्बल हो गया था, अस्वस्थ था और काम करने की उसकी थोड़ी भी इच्छा नहीं थी ।

स्क्वार्त्सोफ़ जल्दी से भोजन कक्ष में पहुँचे। आँगन की ओर की खिड़कियों से, वे कोठरी में जो कुछ भी हो रहा था, उसे देख सकते थे। खिड़की के पास खड़े होकर, स्क्वार्त्सोफ़ ने देखा कि कैसे ओल्गा और याचक पिछले द्वार से बाहर आँगन में आए हैं। गंदी–मैली बर्फ़ को रौंदते हुए वे दोनों कोठरी की ओर बढ़े। ओल्गा गुस्से में याचक को देख रही थी। कोठरी का द्वार खोले और फिर क्रोध में द्वार दीवार से भिड़ा दिए।

लगता है हमने ओल्गा को कॉफ़ी नहीं पीने दी, स्क्वार्त्सोफ़ साहब ने सोचा। *बहुत ही दुष्ट महिला है।*

आगे उन्होंने देखा कि कैसे झूठा शिक्षक, झूठा छात्र, लकड़ी के एक मोटे कुंदे पर बैठ गया और अपने लाल गालों को अपनी मुट्ठियों से थपथपाते हुए किसी सोच–विचार में डूब गया।

ओल्गा ने उसके पैरों के पास कुल्हाड़ी फेंकी, गुस्से में थूक दिया और गाली–गलौच करते हुए उसे डाँटने लगी।

याचक ने झिझकते हुए लकड़ी का एक कुंदा अपनी ओर खींचा और उसे अपने पैरों के बीच रखकर डरते हुए अपनी कुल्हाड़ी कुंदे पर मारी। कुंदा याचक के पैरों के बीच झूलकर गिर गया। उसने कुंदे को फिर अपनी ओर खींचा, अपने ठंडे हाथों पर फूंक मारी, और फिर कुल्हाड़ी को इतनी सावधानी से थपथपाया, मानो वह अपने पैरों या अपनी उँगलियों को काटने से डर रहा हो। कुंदा फिर से गिर गया।

स्क्वात्सौंफ़ का क्रोध भी पहले से ही ठण्डा हो चुका था, और वह इस तथ्य के लिए थोड़ा आहत और लज्जित हो रहे थे कि उन्होंने एक नालायक, शराबी और संभव है, बीमार व्यक्ति को ठंड में काम करने के लिए बाध्य किया।

*कोई बात नही, ऐसा ही सही...*भोजनकक्ष से कार्यालय की ओर जाते समय उन्होंने सोचा।...*मैं ये सब उसकी भलाई के लिए ही कर रहा* हूँ। एक घंटे बाद ओल्गा ने आकर बताया कि जलाऊ लकड़ी कटकर तैयार हो चुकी है।

“लो, उसे पचास कोपेक दे दो,” स्क्वात्सौंफ़ ने कहा। “चाहो तो प्रत्येक माह के पहले दिन लकड़ी चीरने आ जाया करो। काम मिल जाएगा।”

फिर ओल्गा से कहा, “अगर वह चाहता है, तो उसे हर महीने के पहले दिन लकड़ी काटने के लिए आने दो... उसे कहो, हमेशा काम मिल जाएगा।” अक्सर हर महीने के पहले दिन याचक दिखाई देने लगा और पचास कोपेक कमा लेता, हालाँकि वह कठिनाई से ही अपने पैरों पर खड़ा हो पाता। हर बार उसे कोई न कोई काम मिल जाता था। कभी वह बर्फ़ की ढेरी को इकट्ठा कर देता था, या कोठरी को साफ़ कर देता था, या कालीनों और गद्दों से धूल झाड़ देता था। हर बार

उसे अपने परिश्रम के लिए 50 कोपेक मिलते थे। एक बार तो उसको पुरानी पतलून भी मिली थी।

घर बदलते समय, स्क्वात्सोंफ़ ने उसे सामान बाँधने और परिवहन में लगे कुलियों की सहायता करने के लिए काम पर रखा। उस दिन वह शांत, उदास व चुप था; उसने कठिनाई से फर्नीचर को छुआ, बस सिर झुकाए इधर–उधर मँडराता रहा, और काम करने का कोई दिखावा भी नहीं किया। हाँ, बस सर्दी से सिकुड़ रहा था। दूसरे कुली उसके आलस्य, दुर्बलता व फटे–पुराने से ओवरकोट का उपहास कर रहे थे और वह झेंप रहा था। काम पूरा होने पर स्क्वात्सोंफ़ ने उसे अपने पास बुला भेजा।

"अच्छा, मैं देख रहा हूँ कि मेरी बातों का तुम पर प्रभाव पड़ा है," स्क्वात्सोंफ़ ने उसे एक रूबल देते हुए कहा।

"इस पते पर तुम्हारे लिए काम है। आज तुम शांत हो और काम करने के लिए तैयार भी दिख रहे हो। हाँ, अपना नाम तो बताओ?"

"लुश्कोफ़।"

"ठीक है लुश्कोफ़, तो मैं अब तुमको एक और नौकरी का प्रस्ताव दे रहा हूँ। क्या तुम लिख सकते हो?"

"जी श्रीमान, लिख सकता हूँ।"

"तो इस पत्र को लेकर कल तुम मेरे मित्र के पास जाकर उनसे संदेश ले लेना। मन लगाकर काम करना, परिश्रम करना, नशा मत करना और जो मैंने तुमसे कहा है, उसे मत भुलाना।"

"अलविदा!" स्क्वात्सोंफ़ ने प्रसन्नता व्यक्त की कि एक अभावग्रस्त को सच्चाई की राह दिखाई। उन्होंने प्यार से लुश्कोफ़ को कंधे पर थपथपाया व विदा लेते हुए उससे हाथ भी मिलाया।

लुश्कोफ़ पत्र लेकर वहाँ से चला आया। दो वर्ष का समय बीत गया। वह फिर कभी वहाँ नहीं आया।

एक दिन, बॉक्स ऑफ़िस पर खड़े स्क्वात्सोंफ़ टिकट के लिए भुगतान कर रहे थे। पास ही में एक नाटे से व्यक्ति को देखा जो भेड़ के चमड़े की गरदनी वाला ओवरकोट और पोस्तीन की टोपी पहने हुए

था। उसने डरते–डरते ख़ज़ांची से गैलरी का टिकट माँगा और ताँबे के पाँच–पाँच कोपेक के सिक्के दे दिए।

"लुश्कोफ़, तुम हो?" स्क्वात्सोंफ़ ने छोटे कद के अपने पुराने लकड़ी फाड़नेवाले को पहचानते हुए पूछा।

"कहो, कैसे हो? क्या कर रहे हो आजकल? जीवन ठीक बीत रहा है ना?"

"जी हाँ, सब ठीक है, श्रीमान। अब मैं उसी नोटरी के यहाँ काम करता हूँ, पैंतीस रूबल कमाता हूँ।"

"अरे वाह, भगवान की कृपा है। बहुत बढ़िया! मैं अत्यंत प्रसन्न हूँ तुम्हारे लिए। अत्यधिक प्रसन्न, लुश्कोफ़! तुम एक प्रकार से मेरे शिष्य ही तो हो। मैंने ही तो तुम्हें राह दिखाई। याद है, मैंने तुम्हें कितना डाँटा था? कान पक गए होंगे तुम्हारे। धन्यवाद मेरे प्रिय, मेरे शब्दों को भुलाया नहीं तुमने।"

"आप का भी धन्यवाद," लुश्कोफ़ ने कहा। "यदि आप के पास नहीं आता तो अभी तक अपने को शिक्षक या कहीं छात्र बताकर धोखाधड़ी करता फिरता। आपने खाई से निकालकर मुझे गिरने से बचा लिया।"

"मेरे लिए अत्यंत आनंद की बात है यह तो," स्क्वात्सोंफ़ ने कहा।

"आपके करुणा–भरे शब्दों और कार्यों के लिए धन्यवाद। आपने सब बहुत अच्छा बताया था। मैं आपका व ओल्गा का आभारी हूँ। ईश्वर ऐसी नेक, उदार व दयालु महिला को स्वास्थ्य व आशीर्वाद दें। आपने बहुत अच्छी व सही बातें कही थीं, मैं निश्चित रूप से आपका ऋणी हूँ, कि आप मुझे मेरी कब्र से निकाल लाए। लेकिन ओल्गा ने ही वास्तव में मुझे बचाया।"

"वह किस प्रकार से?"

"जी, वो इस तरह कि मैं जब–जब लकड़ी चीरने आया करता था, वह बस अपना राग अलापने लगती, 'ओह, अरे वाह रे शराबी! धिक्कार है तुमको! और तुम्हारे लिए मौत भी नहीं है' और फिर वह मेरे सामने उदास बैठकर मेरे चेहरे को देख–देख कर रोती, 'हाय रे, तुम कितने अभागे हो! बेचारे को इस लोक में कोई भी ख़ुशी नहीं

मिली, और परलोक में भी नरक की आग में ही जाएगा। हाय रे बेचारा, दुःखियारा।' बस वह इसी तरह की बातें करती थी। जाने उसने अपना कितना रक्त जलाया मेरे कारण, कितने ही आँसू बहाए थे मेरे लिए, मैं आपको बता नहीं सकता।"

"और उससे भी अधिक महत्वपूर्ण है कि सारे लट्ठे मैं नहीं, वही काटती थी! सच कहता हूँ श्रीमान, मैंने आपके यहाँ एक भी लट्ठा नहीं चीरा, सब कुछ वही करती थी। लेकिन वह सच है! उसने मुझे क्यों बचाया, मैंने उसकी तरफ क्यों देखा और शराब पीना बंद कर दिया, मैं आपको समझा नहीं सकता। बस इतना ही जानता हूँ कि उसकी बातों और उदारता की वजह से ही मेरी आत्मा ने गवाही दी और मैं अच्छे के लिए बदल गया। मैं यह कभी नहीं भूलूँगा। अब जाना होगा श्रीमान, नाटक आरंभ होने की घंटी बज रही है।"

लुश्कोफ़ सिर झुकाकर बालकनी की ओर बढ़ गया।

12

अप्सराएँ

ईवान तुर्गनेव

पर्वतों की अर्ध चंद्राकार श्रृंखला का फैलाव इतना सुंदर था कि हर किसी का मन मोहित हो जाए। मैं आज उन्हीं पर्वतों के सामने खड़ा था। शिखर से धरा तक घने जंगल ने पर्वतों को मानो नर्म हरे कंबल में लपेटा हुआ था। आसमान भी नीले रंग में बिल्कुल स्वच्छ व निर्मल दिखाई दे रहा था। सूरज अपनी चमक से नीलांबर को रोशन कर रहा था। हरी दूब में अधछिपे नदी–नाले कल–कल बह रहे थे।

तभी मुझे उन दिनों की एक प्राचीन कथा याद हो आई, जब यीशु के जन्म के बाद पहली शताब्दी में यूनानी पोत एजीन सागर के रास्ते जा रहा था।

मध्याह्न का समय था। मौसम भी शान्त था। अचानक मल्लाह के पास बैठे किसी यात्री ने कहा, "जब टापू के पास से निकलो तो ऊँची आवाज़ में चिल्लाना, 'महान पैन मर गया!'"

मल्लाह को बहुत अचम्भा हुआ और डर भी लगा। पर जब जहाज़ टापू के पास से निकला, वह चिल्ला उठा, "महान पैन मर गया!"

और उसके तत्काल बाद, उस चिल्लाहट के उत्तर में, सागर के पहले छोर से अंतिम छोर तक(क्योंकि टापू पर मानव जीवन नहीं था),

सुबकने की, कराहने की ऊँची आवाज़ें आने लगीं, देर तक विलाप करने की आवाज़ें आती रहीं, "वो मर गया! महान पैन मर गया!"

यही कथा फिर याद हो आई...और एक बड़े ही अनूठे विचार ने मेरे मन में जन्म लिया, "क्या होता अगर मुझसे आवाज़ लगाने को कहा जाता?"

मगर मेरा मन क्योंकि हर्ष से भरा हुआ था, आसपास सारा वातावरण भी उल्लासित था, मैं मृत्यु के बारे में तो सोच भी नहीं सकता था। मैं अपनी पूरी शक्ति से चिल्लाया, "वो अमर है! महान पैन अमर है!"

और तत्क्षण, घोर आश्चर्य! उत्तर में, पर्वतों की अर्ध चंद्राकार शृंखला के फैलाव तक जोशभरा क़हक़हा सुनाई दिया, सानंद चीं–चीं व छप–छप की आवाज़ें आने लगीं। "वो अमर है! पैन अमर है!" की तरुण सरसराहट सुनाई दी। फिर अचानक हँसी के ठहाकों ने मुझे सूरज की किरणों से कहीं अधिक चकाचौंध कर दिया। कहीं दूर से आती उतावली पदचाप कुछ–कुछ सुनाई देने लगी। हरे झुरमुट मानो मंडरा रहे हों सफ़ेद संगमरमर से लहराते अंगरखों पर, सजीव रक्तिम निर्वस्त्र शरीर...ये तो अप्सराएँ थीं, अप्सराएँ, वृक्ष अप्सराएँ, बकान्तेस, ऊपर से दौड़ी आ रही थीं धरती पर...।

वे सभी एक साथ जंगल की सीमा पर दिखाई दीं। उनके बालों के लच्छे दिव्य कंधों पर लहरा रहे थे, वे सजीली बाँहों में हार व झाँझ लिए हुए थीं, और अलौकिक हँसी की तरंगें रह–रह कर सुनाई दे रही थीं।

उन सबसे आगे उनकी देवी है। ऊँचा क़द व अति रमणीय है; कंधों पर तरकश, और हाथों में धनुष है; घुँघराले बालों के ऊपर चाँद–सी रुपहली हँसिया।

यह डायना है या फिर?

परन्तु देवी अचानक रुक गई...और उसी क्षण उन्हें रुका देख सभी अप्सराएँ भी रुक गईं। हँसी की सभी तरंगें विलीन हो गईं। मैंने देखा कैसे देवी की सूरत अचानक हतप्रभ रह गई, चेहरे का रंग मृत्यु के जैसा श्वेत पड़ गया, पाँव पत्थर हो गए; अवर्णनीय भय से मुँह खुला रह गया, दूर कहीं पर देवी की दृष्टि टिक गयी। ऐसा क्या देख लिया देवी ने? टकटकी लगाए वो कहाँ देख रही थी?

मैं उसी दिशा में मुड़ गया जिस दिशा में देवी देख रही थी।

आकाश की किनारी पर, दूर मैदान की निचली सतह पर, चर्च के धवल घण्टागार पर स्वर्णिम क्रॉस आग की लौ–सा दैदीप्यमान हो रहा था। देवी की दृष्टि अवश्य स्वर्णिम क्रॉस पर पड़ी थी।

अपने पीछे मैंने एक लम्बी व असंतुलित आह सुनी, जैसे इकतारे का तार टूटकर फड़फड़ाते हुए होती है, और मैं जैसे ही एक बार फिर पीछे मुड़ा, अप्सराओं का कहीं कोई अता–पता नहीं था...घना जंगल पहले जैसा चमक रहा था, और अलग–अलग स्थानों पर, पेड़ों की शाखाओं के जाल बिछे थे, उन्हीं के बीच सफ़ेद रंग के कुछ गुच्छे पिघलते हुए प्रतीत हुए। शायद ये उनके अंगरखे थे या फिर घाटी से उठ रहे वाष्प पुंज, मैं नहीं जानता।

मगर मुझे दुःख है कि देवियाँ लुप्त हो गईं!

13

मोटू-पतलू

आन्तोन चैखव

मोटू व पतलू, दोनों मित्रों की भेंट निकालायेवस्की स्टेशन पर हुई। मोटू ने स्टेशन पर ही पेट–पूजा कर ली थी जिसकी गवाही उसके रक्तिम, चिकने होंठ दे रहे थे। उसके मुँह से स्पैनिश व्हाइट वाइन की महक आ रही थी। पतलू बस अभी–अभी ट्रेन से संदूक व बड़ा–सा बैग लेकर उतरा ही था। ठीक उसके पीछे एक दुबली–पतली, लम्बी ठोड़ी वाली महिला व दुबला–सा एक लड़का अपनी आँख मींचे उतरा।

"पोरफ़िरी!" मोटू ने पतलू को पुकारा। "मैंने गलत तो नहीं पहचाना तुम्हें? अरे मेरे यार, मेरे दोस्त, जाने कितने बरस आकर चले गए हैं, तुमसे भेंट नहीं हुई।"

पतलू भी आश्चर्य से बोला, "मीशा.....मेरे बचपन के मित्र, तुम यहाँ कैसे?" दोनों दोस्त गले मिले व नम आँखों से एक–दूसरे को निहारने लगे। पतलू फिर मोटू से बोला, "क्या बात है! एकदम हैरान कर दिया। मुझको तो देखो, आज भी उतना ही सुंदर दिखता हूँ जितना पहले दिखता था, एकदम बाँका छैला–सा। और तुम बताओ, कैसे हो? कुछ भाग्य चमका या नहीं। विवाह हुआ या उसमें भी पीछे रह गए? भई, मैंने तो शादी कर ली। लो मिलो, यह मेरी ज़िन्दगी है – लुई, इसका विवाह के पूर्व नाम वान्तसेनबाख़ था...लूथरन वंश से है...और यह मेरा बेटा –

नफ़नैल, तीसरी कक्षा में पढ़ता है। और नफ़ान्या(नफ़नैल का निकनेम), यह मेरे बचपन का मित्र है, स्कूल में हम साथ पढ़ते थे।" नफ़नैल ने कुछ सोचा, फिर अपनी टोपी उतार ली।

"हम दोनों साथ पढ़ते थे," पतलू ने नफ़ान्या से कहा। फ़िर मोटू से कहा, "तुम्हें याद है, वे सब तुम्हें कैसे छेड़ते थे? तुम्हारा उपनाम हीरोस्ट्राटस[3] ही रख दिया था क्योंकि तुमने पुस्तक में जलती सिगरेट से एक छेद जो कर दिया था, और मेरा नाम ऐफ़िआल्तस[4] रखा था क्योंकि मुझे कहानियाँ सुनाने में रुचि थी। हा...हा...! क्या बच्चे थे तब हम!...शर्माओ नहीं, नफ़ान्या। मोटू के पास जाओ।" नफ़नैल ने फिर कुछ सोचा व अपने पिता के पीछे छुप गया।

"अच्छा, तुम क्या कर रहे हो आजकल?" अपने दोस्त को निहारते हुए मोटू ने पूछा। "नौकरी करते हो या...? और कितनी प्रगति कर चुके हो अब तक?"

"पिछले दो बरस से कॉलेज में आंकलनकर्ता के तौर पर काम कर रहा हूँ। तन्ख़्वाह बहुत अच्छी नहीं है पर वो कोई बड़ी बात नहीं है। मेरी पत्नी संगीत सिखाती है, व मैं लकड़ी के सिगरेट के डिब्बों पर नक़्क़ाशी का काम भी करता हूँ। एक रुबल का एक बेचता हूँ। अगर कोई दस या उससे अधिक खरीदता है तो मैं उन्हें छूट भी देता हूँ। इस तरह बसर हो जाती है। तुम तो जानते हो, पहले मैं क्लर्क था और अब प्रमोशन के बाद हैड क्लर्क के तौर पर यहीं काम करूँगा। अच्छा मेरी छोड़ो, और कुछ तुम भी अपने बारे में बताओ, भई? बस मैं ही बक–बक किए जा रहा हूँ तब से। वैसे मैं जानता हूँ तुम तो सिविल पार्षद बन चुके होगे?"

"पार्षद? ना, ना। उससे कुछ ऊपर सोचो," मोटू ने कहा। "अब मैं विशेष पार्षद के तौर पर काम कर रहा हूँ।"

---

[3] हीरोस्ट्राटस–या इरेटोस्ट्रेटस – एफेसियान मूल का, जिसने इतने अद्‌भुत कारनामे के लिए प्रसिद्धि पाने के लिए डायना के मंदिर में आग लगा दी थी ।

[4] एफिएल्टस– (ग्रीक) एथेना के एक प्राचीन राजनीतिज्ञ जो वहाँ के लोकतांत्रिक आंदोलन के अग्रणी नेताओं में से एक थे।
आधुनिक ग्रीक भाषा में एफिएल्टस को ग़द्दार का पर्यायवाची माना जाता है।

पतलू के चेहरे की रंगत ही बदल गई मित्र की प्रगति सुनकर, पर जल्दी ही अपने को सँभालकर चेहरे पर झूठी, मगर बड़ी–सी मुस्कुराहट रोशन कर दी। थूक सटकते हुए, मन मसोसते हुए, खिसियाकर बोला, "महामहिम, मैं...मैं...बहुत ही प्रसन्न हूँ... अपने बचपन के मित्र के लिए, तुम्हारी इस उन्नति के लिए...।"

"अरे, यह क्या महामहिम की रट लगा रखी है? हम बचपन के दोस्त हैं और चापलूसी मैं एकदम नापसंद करता हूँ।"

पतलू की जिह्वा को जैसे रोग लग गया, "यह आप क्य...क्या कह रहे हैं महामहिम? आपकी कृपा है जो आप मुझे अपना मित्र मान रहे हैं...यह मेरा बेटा नफ़ान्या. ...और मेरी पत्नी लुई... ।"

मोटू कुछ कहना चाहता था मगर मित्र की शहद–सी मीठी चापलूसी से जी खट्टा हो आया। उसी पल पतलू से विदा लेते हुए हाथ मिलाया व लम्बे डग भरता हुआ दुःखी मन लेकर वहाँ से चल दिया।

पतलू ने दोस्त से हाथ मिलाया, कमर तक झुककर अभिवादन कर झेंपते हुए अभिवादन किया। उसकी पत्नी भी झेंपकर मुस्कुरा दी। नफ़ान्या से हड़बड़ाहट में हैट गिर गया।

तीनों ही अवाक् खड़े रह गए।

14

मई का महीना

मिख़ाईल बुल्गाकव

मई मास, मनोहारी मास था। मैं पगडण्डी के किनारे चला जा रहा था, ठीक उसी स्थान पर, जहाँ रंगशाला स्थित थी। यह पगडण्डी बहुत अनोखी, आकर्षक व मनमोहक थी जिस पर बिना रुके अनगिनत गाड़ियाँ दौड़ती थीं। जब गाड़ियाँ दौड़तीं, टीन की छत खड़खड़ाती थी। मैं सोचता कि यह खड़खड़ाहट या तो सीवर पर ढके ढक्कन करते हैं या फिर पानी के पाइप। मुझे लगता कि गाड़ियाँ दौड़ते समय बड़ी अजीब–सी आवाज़ों में शोर करती थीं और जितनी बार भी शोर करतीं, मेरा दिल डूबने लगता व पाँव जम जाते।

किसी दिन एक गाड़ी ऐसा शोर करेगी कि मुझे टक्कर लगेगी और मैं मर जाऊँगा, छड़ी की नोक को फुटपाथ पर मारते हुए मैं सोचता; मृत्यु का भय जो था मुझे।

गति बढ़ा कर रंगशाला के गेट के अंदर आया। अब गाड़ियों का भी शोर नहीं, शायद मृत्यु का भी भय नहीं, मैं सोच रहा था।

मुझे वह दिखाई दे गया, वो रंगशाला की दीवार पर टेक लगाए, एक पाँव पर दूसरा पाँव चढ़ाए खड़ा था। उसने भूरे–लाल रंग के जूते पहने हुए थे जिनका तला गद्दीदार था और गरम जुराबें व घुटनों तक गहरे भूरे रंग की हाफ़–पैंट पहन रखी थी। वह स्वेड की विचित्र–सी जैकेट पहने

हुए था जिससे कभी पुरुषों के लिए वॉलेट बनते थे। सिर पर गोल, चपटी जनानी टोपी जिसमें पीछे छोटा–सा फुन्दना लटका हुआ था।

उस नवयुवक का आकर्षण किसी को भी आश्चर्यचकित कर सकता था। उसकी आँखें चमकीली व पलकें बहुत लम्बी थीं। उसके सामने पाँच अभिनेता, एक अभिनेत्री व एक निर्देशक खड़े थे। वे सब रंगशाला के द्वार तक पहुँचने वाले रास्ते को रोककर खड़े थे।

मैंने अपना हैट उतारा व नवयुवक का झुककर अभिवादन किया। उसने भी मुझे बेढब–सा अभिवादन किया। उसनें दोनों हथेलियों को एक साथ जोड़कर ऊपर की ओर उठाया जैसे कोई अदृश्य घण्टी बजी हो। उसने मुझे तीखी दृष्टि से देखा। उसके होंठों पर मनोहर मुस्कान व अपूर्व सुन्दरता आँखों से छलक रही थी। मैं विचलित हो गया व छड़ी मेरे हाथ से छूट गई।

"कैसे हैं आप?" नवयुवक ने मुझसे पूछा।

"मैं अच्छा हूँ, बस गाड़ियों की झाँय–झाँय से परेशान रहा,"मैं मुश्किल से ही बुदबुदा पाया व हैट तिरछा पहन लिया। इधर सबका ध्यान मेरी ओर आकर्षित हो गया।

"और आप कैसे हैं?" मैंने नवयुवक से पूछा, यद्यपि मुझे आभास हुआ मेरी जिह्वा अकड़–सी गई थी। "अच्छा हूँ!" नवयुवक ने उत्तर दिया। "ये हाल ही में विदेश से लौटे हैं," धीमे स्वर में निर्देशक ने मुझसे कहा।

"मैंने आपका नाटक पढ़ा था," नवयुवक ने गम्भीरता से कहा।

मुझे रंगशाला में दूसरे रास्ते से प्रवेश करना चाहिए था, मन में दुःख मनाते हुए मैंने सोचा।

"नाटक पढ़ा मैंने," नवयुवक ने ऊँचे स्वर में पुनः कहा।

"और आपने कैसे ढूँढ निकाला, ऐदुआर्दोविच साहब?" अपनी दृष्टि नवयुवक पर टिकाये हुए, निर्देशक ने मुझसे पूछा। फिर एकाएक कहा, "ऐदुआर्दोविच साहब, नाटक का तीसरा अंग दोबारा लिखना होगा और तीसरे अंग के दूसरे दृश्य को बिल्कुल भूलना होगा, और पहले दृश्य को चौथे अंग में लाना होगा। तब सब बहुत अच्छा रहेगा।"

"हाँ, घर जाकर ले आइए," निर्देशक ने बेचैनी से फुसफुसाते व आँख मारते हुए मुझसे कहा।

"चलो, चलो," जारी रखते हुए, "और अचानक उन्होंने हैन्ज़ को गिरफ़्तार कर लिया।" "बहुत अच्छा," निर्देशक ने ध्यान देते हुए कहा। "हैन्ज़ को हर हाल में गिरफ़्तार करो। और क्या तुम्हें नहीं लगता कि हैन्ज़ को इससे पहले दृश्य में गिरफ़्तार करना अच्छा रहेगा?" "मूर्खतापूर्ण होगा!" नवयुवक ने कहा। "वास्तव में यहीं हैन्ज़ को गिरफ़्तार करना सही है। किसी और स्थान पर एकदम बेतुका लगेगा।"

मैं नवयुवक के निकट खिसक गया, इस प्रयत्न के साथ कि एक भी शब्द नहीं फिसले। मेरी आत्मा धैर्य खो रही थी। किसी ने हृदय को जैसे झकझोर दिया हो। मेरा मन दहकते स्पेन के बारे में सुनने को उतावला हो रहा था। और गिटार पर धुन सुनाई दे रही थी। किन्तु मैंने ऐसा कुछ भी नहीं सुना था। मुझे सताते हुए अभागे हैन्ज़ के बारे में बताना जारी रखता है। उसकी गिरफ़्तारी ही पर्याप्त नहीं थी, इसके अलावा, हैन्ज़ को पुलिस थाने में बहुत मारा भी। अभी यह भी कम था, सो उसे कारागार में ठूंस दिया। इससे भी उनका जी नहीं भरा तो हैन्ज़ की अशक्त बूढ़ी माँ को घर से बाहर निकाल दिया व उन्हें रात भारी वर्षा में व्यतीत करनी पड़ी।

हे भगवान! कितनी निराशाजनक बातें करता है यह नवयुवक! और मेरा दुर्भाग्य! यह हैन्ज़ से विदेश में कहाँ मिला? अब तो रंगशाला में जाना नामुमकिन था, जब तक कि यह हैन्ज़ के बारे में सब कुछ नहीं बता देगा, क्योंकि इतने दिलचस्प पल पर छोड़कर जाना असभ्यता होगी...।

हैन्ज़ को जेल में कमरतोड़ परिश्रम करना पड़ रहा था व उसकी माँ की उस रात सर्दी लगने से मृत्यु हो गई। मुझे नरज़न[5] पीने की इच्छा हो रही थी व साँसें बैठी जा रही थीं। गाड़ियाँ खड़खड़ा रही थीं व गरज भी रहीं थीं। यह अब स्पष्ट हुआ कि हैन्ज़ नाम का

---

[5] नरज़न – रूसी खनिज जल

कोई व्यक्ति वास्तव में था ही नहीं और वह नवयुवक उससे कभी नहीं मिला, वो तो अपने नाटक का तीसरा अंग सुना रहा था। चौथे अंग में, माँ मृत्युशैय्या पर पड़ी है व हैन्ज़ की हत्या करने के अपराध में जल्लाद को शाप देती हुई शरीर त्याग देती है। मुझे सूरज कुछ धुँधलाता दिखाई देने लगा। मैं अपने आपको बहुत एकाकी महसूस कर रहा था।

पास ही एक व्यक्ति फटे हुए वस्त्र पहने वॉयलिन पर वियना का मज़र्का[6] बजा रहा था। उसके सामने फुटपाथ पर टोपी में ताँबे के पाँच–पाँच के सिक्के पड़े थे। आगे कुछ दूरी पर कोई टीन से बने चूहे बेच रहा था व टीन से बने चूहे इलास्टिक से बँधे होने के कारण मेज़ पर फुर्ती से दौड़ते दिख रहे थे।

"कमाल की चीज़ है!" निर्देशक ने कहा। "इन्तज़ार है, इन्तज़ार है बेसब्री से।"

तभी एक छोटी व सस्ती–सी गाड़ी रंगशाला के द्वार पर आकर रुकी। "अच्छा भई, अब मुझे अनुमति दीजिए," नवयुवक ने कहा।

असाधारण रूप से निराश–हताश येर्मलाई काँच के पीछे कुछ बलपूर्वक हत्था खींचने लगा। नवयुवक ने घण्टी बजाई, बग्गी में खामोशी से बैठकर चला गया। उसकी नज़रों के सामने एक हरी बत्ती कौंध बन टिमटिमा गई और उसने येर्मलाई की बग्गी वहीं छोड़ दी। नवयुवक फिर नाक की सीध में आँखों से ओझल हो गया।

मैंने अपना हैट उतारा व सिर झुका दिया। फिर लड़के के लिए टीन का चूहा खरीदा, व गाड़ियों से बचते हुए आँगन में छोटे दरवाज़े के भीतर आ गया। वहाँ एक बार फिर मेरी भेंट निर्देशक से हुई और उन्होंने मुझसे कहा, "सुनो उनको। गौर करो कुछ उनकी बात पर। तीसरा दृश्य दोबारा लिखो। वो दृश्य अच्छा नहीं लग रहा है। इस दृश्य के कारण बहुत–सी गलतफ़हमियाँ हो सकती हैं। भगवान के लिये कुछ करो, इस तीसरे दृश्य का!"

---

[6] मज़र्का – पोलिश नृत्य(चार या आठ जोड़ों के लिए)

और मई मास बीत गया। उसके बाद आए जून, जुलाई। फिर शरद ऋतु का आगमन हुआ। वर्षा ने तब इस पगडण्डी को जी भरकर भिगोया, और, मेरे मन को अपनी गर्जना से अशान्त कर गयी। मंच पर कलाकार बदलते रहे, और मैं हर दिन मरता रहा। और फिर एक बार मई मास का आगमन हो गया। और मैं जीवन से हार गया।

15

भिक्षा

ईवान तुर्गेनेव

जाने–माने शहरी इलाक़े में, चौड़ी व व्यस्त सड़क पर, एक अस्वस्थ वृद्ध जा रहा था।

वह चलते हुए लड़खड़ा रहा था, उसकी दुर्बल टाँगें आपस में उलझी जा रही थीं, व अपनी थकी टाँगों से ठोकर खाते हुए दुर्बल व भारी पग भर रहा था, जैसे वे किसी और की टाँगें हों; उसके शरीर पर फटे वस्त्र थे व उसका नग्न सिर सीने पर झुका हुआ था। वह बहुत थका–माँदा दिख रहा था।

वह सड़क किनारे एक पत्थर पर उकड़ूँ बैठ गया। उसने आगे झुककर, दोनों कोहनियाँ घुटनों पर टिकाकर, हथेलियों में चेहरा छुपा लिया। उसकी टेढ़ी–मेढ़ी उँगलियों के बीच से आँसू बूँद–बूँद छलककर सूखी व धूसर मिट्टी पर गिर रहे थे।

वह बैठा हुआ याद कर रहा था कि...

एक समय था जब वह भी स्वस्थ व धनवान था। उसने अपना स्वास्थ्य बिगाड़ लिया, व सारी धन–दौलत मित्रों, शत्रुओं व औरों को बाँट दी...और अब! अब उसके पास रोटी का एक टुकड़ा भी नहीं था, हर किसी ने उसका परित्याग कर दिया। शत्रु तो शत्रु, उसके मित्रों ने भी उसे पहचानना छोड़ दिया। संभवतः अपने विनम्र स्वभाव के कारण

क्या उसे भिक्षा माँगनी होगी? और उसका मन कड़वाहट से भर गया। वह लज्जित महसूस कर रहा था।

वृद्ध की आँखों से आँसू निरंतर बूँद–बूँद कर गिरते रहे व धूसर मिट्टी पर चित्र बनाते रहे।

अचानक किसी ने उसे उसके नाम से पुकारा। उसने अपना थका–हारा सिर उठाकर देखा और उसके सामने एक अपरिचित खड़ा था; शांत व गौरवशाली चेहरा, पर कठोर नहीं, आँखों में चमक नहीं मगर तेज था; आँखें टकटकी लगाए मगर कोई दुष्टता नहीं।

"तुमने अपना सारा धन लुटा दिया," वह संतुलित स्वर में बोला.... "आशा है तुम्हें इस बात का कोई दुःख नहीं है।"

"मुझे कोई दुःख नहीं है," वृद्ध ने एक आह भरते हुए उत्तर दिया, "मैं अब यहाँ केवल मृत्यु की प्रतीक्षा कर रहा हूँ।"

"और सोचो, अगर सारे संसार में हाथ फैलाकर तुमसे भिक्षा माँगने के लिए भिखारी नहीं होते," अपरिचित ने बिना रुके कहा, "तो तुम किस पर उपकार कर सुयोग्य बनते? अपने लिए तुम कोई श्रम नहीं कर पाते?"

वृद्ध ने कोई उत्तर नहीं दिया, व गहरी सोच में डूब गया।

"फलतः अब अहंकार न करो, मेरे अपने," अपरिचित ने फिर कहा। "जाओ, अपने हाथ फैलाओ, औरों को भी यह अवसर दो कि वे प्रमाणित कर सकें कि वे भी अच्छे कर्म कर सकते हैं।"

वृद्ध उठ खड़ा हुआ व ऊपर देखा, मगर तब तक अपरिचित अंतर्ध्यान हो चुका था। दूर पथ पर, एक राहगीर दिखाई दिया।

वृद्ध ने उस राहगीर के सामने जाकर अपने हाथ फैला दिए। राहगीर निर्दयता से, बिना कुछ दिए दूर हट गया।

मगर अगले ही क्षण एक दूसरे राहगीर ने आकर उसको भिक्षा दी।

वृद्ध ने उन ताँबे के सिक्कों से अपने लिए रोटी ख़रीदी, व शेष तृप्ति थोड़े–से मीठे ने कर दी जो उसे भिक्षा में मिला। अब उसके हृदय में कोई लज्जा अथवा आत्मग्लानि नहीं थी। इसके विपरीत उसने सुख व आनन्द का अनुभव किया।

16

चोर

आन्तोन चैख़व

बारह बज चुके थे। फ़्योदर स्तिपानिच ने फ़र कोट पहना व बाहर आँगन में चला गया। वह रात की नमी में डूबा हुआ था... ओस भरी ठंडी हवा चल रही थी। आकाश में अंधियारा छाया हुआ था व हल्की बूँदा–बाँदी हो रही थी। फ़्योदर स्तिपानिच जीर्ण–शीर्ण बाड़ को टापकर सड़क पर चला गया। गली बिल्कुल चौक जितनी चौड़ी है। यूरोपीय रूस में ऐसी सड़कें दुर्लभ हैं। न प्रकाश, न फुटपाथ... यहाँ विलासिता का एक भी संकेत नहीं था।

नगरवासियों की बाड़ और दीवारों पर, अंधेरे में छाया सी आकृतियाँ मानो गिरिजाघर की ओर भागती हुई, झिलमिलाती–सी प्रतीत हो रही थीं। फ़्योदर स्तिपानिच के आगे दो आकृतियाँ कीचड़ में धँसी हुई सी प्रतीत हो रही थीं। उनमें से एक नाटे और कूबड़ वाले स्थानीय चिकित्सक को उसने पहचान लिया, जो पूरे जिले में एकमात्र 'शिक्षित व्यक्ति' था। वृद्ध चिकित्सक ने भी उसे पहचानने में कोई झिझक का अनुभव नहीं किया। जब भी वह उसकी ओर देखता तो सदा उदारता से आह भरता। इस बार वृद्ध व्यक्ति ने पुराने समय की वर्दी वाली तिकोनी टोपी पहनी हुई थी और उसका सिर ऐसा लग रहा था जैसे दो बत्तखों के सिर उनके सिर के पीछे एक साथ चिपके हों। उसके

फ़र कोट की पूँछ के नीचे से एक तलवार–सी लटक रही थी। उसके बग़ल में एक लंबा और दुबला–पतला व्यक्ति चल रहा था। वह भी एक तिकोनी मुर्गा टोपी पहने था।

"ईसा पुनर्जीवित हो गए हैं, गूरी ईवानिच!" फ़्योदर स्तिपानिच ने चिकित्सक को रोका।

चिकित्सक ने चुपचाप उसके साथ हाथ मिलाया और बटनहोल की डींग मारने के लिए अपने फ़र कोट का एक बटन खोल दिया, जिसमें से 'स्तानिस्लाव' लटक रहा था।

"और मैं, सुबह के बाद आपके पास आना चाहता हूँ," फ़्योदर स्तिपानिच ने चिकित्सक से कहा। "मुझे आपके घर पर अपना उपवास तोड़ने की अनुमति दें। मैं आपसे विनती करता हूँ। मैं, इस रात उपवास सदैव परिवार के संग ही तोड़ता था। यह रात सदा स्मृति पटल में रहेगी।"

"यह संभव नहीं होगा," चिकित्सक ने दुविधा में कहा। "आप जानते हैं, मैं परिवार के संग रहता हूँ। मेरी पत्नी, यद्यपि आप की बात सही है, परंतु फिर भी सही नहीं है। यह मेरी धारणा है केवल, और कुछ नहीं...हम्म..." वह खाँसने लगा।

"और बराबायेफ़?" फ़्योदर स्तिपानिच ने अपना मुँह टेढ़ाकर और कड़वाहट से भर, मुस्कुराते हुए पूछा। "मेरे साथ बराबायेफ़ को भी कटघरे में खड़ा कर दिया गया और एक साथ ही निष्कासित कर दिया। किंतु इस बीच वह प्रत्येक दिन आपके साथ दोपहर का भोजन करता है, और चाय भी पीता है। उसने, मुझसे कहीं अधिक चुराया है, केवल यही सच है!"

फ़्योदर स्तिपानिच रुक कर गीली बाड़ की ओर झुक गया। *उन्हें जाने दो*। उसके आगे रोशनी टिमटिमाती, लुप्त होती और जगमगाती रही, और वे एक ही दिशा में चले गए।

रोशनी से भी मानो संगीत बज उठा। टेनर की घंटियाँ अनगिनत ध्वनियों से भर जाती हैं, और अधिक तेजी से ध्वनियाँ निकालती हैं, मानो कहीं बहुत शीघ्रता में हों।

पहले ईस्टर का सुअवसर है इस ठंड में, फ़्योदर स्तिपानिच ने सोचा, *और... यह अंतिम नहीं होगा। और वहाँ अब हो सकता है, मुझे लगता है ...*

और फ़्योदर 'वहाँ' के बारे में सोचने लगा ... *वहाँ अब पैरों तले बर्फ गंदी नहीं है, ठंडे पोखर नहीं हैं, परंतु नवीन हरियाली है वहाँ, हवा गीले चीर के समान मुख से नहीं टकराती, अपितु बसंत की ताज़गी बह रही है... आकाश वहाँ का स्याह है, परंतु तारों से भरा, पूर्व में एक श्वेत पट्टी के साथ। इस मैली बाड़ के स्थान पर एक हरियाला बगीचा और तीन खिड़कियों वाला उसका घर। खिड़कियों से अंदर की ओर आरामदायक, गर्म कमरे हैं। उनमें से एक में सफ़ेद मेज़पोश से ढकी एक मेज़, जिस पर ईस्टर केक, नाश्ता, वोदका के साथ...*

अच्छा अब यही होगा कि वहाँ पर्याप्त मात्रा में वोदका हो! यहाँ घटिया प्रकार का वोदका है। आप उसे बिल्कुल भी नहीं पी सकते ...।

अगली सुबह, एक गहरी, अच्छी नींद, और नींद में सुंदर सपना, सपने में पीना–पिलाना... और उसे याद आया, स्पष्ट है, ओल्या व उसका सुंदर मुख, अपनी बिल्ली–सा सौम्य, मख़मली। अभी वह अवश्य ही सो रही होगी, और स्वप्न में उसे कदापि नहीं देखती होगी। ऐसी महिलाएँ अपने आपको शीघ्र ही आश्वस्त कर लेती हैं। अगर ओल्या यहाँ नहीं होती तो वह भी यहाँ नहीं होता। *उसने मुझे अपमानित किया, मूर्ख। उसे पैसे की आवश्यकता थी, उसे पैसे की अत्यधिक आवश्यकता थी, हर वस्तु से अधिक आवश्यकता थी, किसी भी आधुनिक महिला की तरह! पैसे के बिना, वह न तो जीवित रह सकती थी, न ही प्रेम कर सकती थी, न ही कष्ट सह सकती थी...।*

और यदि वे मुझे साइबेरिया भेज दें? मैंने उससे पूछा। क्या तुम मेरे साथ आओगी?

निस्संदेह! संसार के अंत तक!

मैंने चोरी की, पकड़ा गया और इसलिए मुझे साइबेरिया भेज दिया, और ओल्या कायर निकली, साथ नहीं आई। अब वह मूर्ख एक कोमल लेस वाले तकिए में अपना मुँह छुपाए हुए है, व उसके पैर मैली बर्फ़ से दूर हैं।

वह अदालत में दिखाई दी और एक बार भी मेरी ओर देखा तक नहीं। जब वकील ने उपहास किया तो वह हँस दी। उसकी हँसी मरने के लिए पर्याप्त थी... और फ़्योदर के मन में उभरी सभी यादों ने उसे गहरे अवसाद में पहुँचा दिया। वह थका हुआ व बीमार अनुभव कर रहा था, मानो अपने पूरे शरीर से सोच–विचार कर रहा हो। उसके पाँव दुर्बल हो गए, उठने को तैयार नहीं था, और तो और, उसकी शक्ति इतनी क्षीण हो चुकी थी कि वह गिरिजाघर जाने की भी शक्ति एकत्रित नहीं कर पाया...। वह घर लौट आया, बिना कोट व जूते उतारे, वह बिस्तर पर गिर गया। ठीक उसके बिस्तर के ऊपर पिंजरे लटक रहे थे। दोनों ही मालकिन के थे। एक पिंजरे का पंछी लम्बी चोंच वाला, पतला व विचित्र था, उसकी प्रजाति से फ़्योदर अनभिज्ञ था। उसके पंख कटे हुए थे व सिर के बाल कुतरे हुए थे। उसे खट्टा माँस खिलाते थे, जिसकी दुर्गंध पूरे कमरे में फैल जाती थी। पक्षी पिंजरे में व्याकुल होकर चीं–चीं कर रहा था। अपनी चोंच पिंजरे की तीलियों पर मारता हुआ कभी मैना के साथ गुनगुनाता, तो कभी अरियोल[7] संग गाता।

सोने भी नहीं दे रहा, फ़्योदर स्तिपानिच ने सोचा, *शैतान कहीं का...*

उसने उठकर पिंजरे को हाथ से हिलाया। पक्षी चुप हो गया। फ़्योदर ने बिस्तर के किनारे अपने जूते उतार कर रख दिये और लेट गया। क्षण भर बाद ही पक्षी पुनः आरम्भ हो गया। खट्टे माँस का एक टुकड़ा उसके सिर पर गिरा और बालों में लटक गया।

"तू नहीं मानेगा? चुप नहीं होगा, ना? अभी भी तेरा मन नहीं भरा है, ना!"

फ़्योदर स्तिपानिच ने छलाँग लगाई। पिंजरे को रोष से झकझोर कर एक कोने में फेंक दिया। पक्षी चुप हो गया।

लेकिन लगभग दस मिनट के बाद, उसे ऐसा प्रतीत हुआ, जैसे पंछी कोने से उड़ता हुआ कमरे के बीच में आया, मिट्टी के फ़र्श में

---

7 अरियोलः एक गानेवाला पक्षी या मादा पक्षी अक्सर गहरे नारंगी और काले रंग का होता है।

अपनी चोंच घुमाई। उसकी चोंच बर्मा[8] पक्षी की सी थी। वह घूमता रहा, घूमता रहा। और उसकी चोंच का कोई छोर नहीं था। पंख फड़फड़ाए, और फ़्योदर को ऐसा लगा मानो वह फ़र्श पर पड़ा है और पंख उसकी कनपटियों पर फड़फड़ा रहे हैं... अंततः पक्षी की चोंच टूट गई, और सब कुछ पंखों में विलीन हो गया। वनवासी धैर्य भूल गया।

"तुमने इस जीव को क्यों मार डाला, हत्यारे?" उसने सुबह किसी को कहते सुना।

फ़्योदर स्तिपानिच ने अपनी आँखें खोलीं और अपने सामने मालकिन, एक मूर्ख, वृद्ध महिला को देखा। मालकिन का मुँह क्रोध से तमतमा उठा और आँसुओं से भीग गया।

"तुमने मेरे पंछी को क्यों मार डाला, शापित पुरुष? तुमने मेरे गीतकार को क्यों मार डाला? धिक्कार है तुझ शैतान को! और, तू कौन है? यह किसके लिए किया? तेरी निर्लज्ज आँखें, भयानक कुत्ते! मेरे घर से निकल जा। तेरी आत्मा तक यहाँ नहीं रहनी चाहिए! इसी क्षण जा यहाँ से! अभी के अभी!"

फ़्योदर स्तिपानिच ने अपना फ़र कोट पहना और बाहर चला आया। सुबह एकदम बदरंग–सी थी। घने बादल छाए हुए थे। सीसे के आकाश को देखते हुए यह विश्वास करना कठिन था कि सूरज उसके पीछे ऊँचा दमक सकता है। वर्षा निरंतर हो रही थी।

"नमस्कार! अवकाश की बधाई हो, श्रीमान।" फाटक से बाहर निकलते हुए बेघर व्यक्ति ने सुना।

उसके परिचित बराबायेफ़ ने एक नई गाड़ी द्वार के पीछे खड़ी कर दी। बराबायेफ़ गोल टोपी पहने था और छतरी लिए हुए था।

दौरे पर है! फ़्योदर स्तिपानिच ने सोचा। और यह, जानवर, यह उससे चिपके रहने में सफल रहा ... इसका परिचित भी हैं ... काश! मैं और अधिक से अधिक चुरा पाता!

---

8 बर्मा : रूस में पाया जानेवाला एक पक्षी।

गिरिजाघर के पास आकर फ़्योदर स्तिपानिच ने एक और आवाज़ सुनी। इस बार महिला की आवाज़ थी। सूटकेसों से भरी एक ट्रॉली उसकी ओर आ रही थी। सूटकेसों के पीछे से एक महिला का सिर बाहर झाँक रहा था।

"यहाँ कैसे हो... फ़्योदर स्तिपानिच! यह आप हो क्या?" महिला चिल्लाई।

बेघर व्यक्ति ट्रॉली के पास गया। महिला को गौर से देखा, उसे पहचान लिया व उसका हाथ पकड़ लिया।

"क्या मैं जाग रहा हूँ? फिर क्या सोचा है तुमने, ओल्या?"

"बराबायेफ़ यहाँ कहाँ रहता है?"

"तुमको बराबायेफ़ की क्या आवश्यकता है?"

"उसने मुझे लिखा। मुझे दो हज़ार भेजे, कल्पना करो! इसके अतिरिक्त मुझे तीन सौ प्रतिमाह मिला करेंगे। यहाँ थिएटर हैं क्या?"

सायंकाल तक, फ़्योदर पूरे नगर में किराए का घर ढूँढने के लिए चारों ओर घूमता रहा। दिनभर वर्षा होती रही व सूर्य नहीं निकला।

17

गोरैया

ईवान तुर्गेनेव

अप्रैल

मैं एक दिन शिकार से लौटते समय बगीचे से टहलते हुए जा रहा था। मेरा ट्रेज़र नाम का कुत्ता मेरे आगे–आगे भागा जा रहा था। अचानक उसने अपने क़दम धीमे कर लिए और वह दबे क़दमों से लगभग रेंगने लगा मानो उसने अपने शिकार को सामने ही भाँप लिया हो।

मैंने पीली चोंच और रोंयेदार सिर वाले गोरैया के एक नन्हे बच्चे को बगीचे के किनारे से देखा। हवा के तेज झोंकों ने बगीचे के बर्च के वृक्षों को झकझोर दिया था और वह घोंसले से गिर गया। वह निश्चल बैठ गया, असहाय–सा अपने नन्हे अर्द्धविकसित पंखों को कठिनाई से फड़फड़ाते हुए।

मेरा कुत्ता धीरे–धीरे उसके निकट पहुँच रहा था। अचानक पास के वृक्ष से एक काले वक्ष वाली वृद्ध गोरैया चट्टान के समान कुत्ते के मुँह के एकदम सामने आ गिरी और बड़ी निराशा, हताशा व दयनीय चीख के साथ उसके नुकीले दाँतों वाले खुले जबड़े के सामने फड़फड़ाने लगी।

वह अपने बालक को बचाने के लिए झपटी और उसे अपने फड़फड़ाते पंखों की आड़ में ले लिया परंतु उसकी छोटी–सी देह में

बसे प्राण भय से काँप रहे थे । उसका स्वर जंगली व कर्कश हो गया। वह वहीं जड़ हो गई। उसने अपने बच्चे की रक्षा के लिए स्वयं को बलिदान कर दिया।

कुत्ता उसे कितना भयानक लगा होगा! अपने बच्चे को बचाने की इच्छाशक्ति से बलवान कुछ नहीं, इसलिए वह शाखा पर सुरक्षित ना बैठ सकी।

मेरा कुत्ता वहीं रुक गया व कुछ पीछे हट गया जैसे उसने भी इस शक्ति का आभास कर लिया था।

मैंने लज्जित हो अपने भ्रमित कुत्ते को बुलाया और वह भी सम्मानपूर्वक पीछे हट गया।

नहीं, नहीं , हँसिए नहीं। मैं उस नन्हीं वीरांगना पंछी का अपने बच्चे के प्रति उसके प्रेम आवेग से विस्मय में था।

प्रेम, मैंने सोचा, *मृत्यु व मृत्यु के भय से कहीं अधिक शक्तिशाली है। प्रेम ही जीवन है। केवल प्रेम पर ही समस्त जीवन ठहरा हुआ है और जीवन गतिमान है।*

18

चाँदनी रात में

अलेक्सांदर कुप्रिन

जुलाई की उष्ण रात्रि अभी प्रकाशित भी होना आरम्भ नहीं हुई थी, और भोर की शीतलता वातावरण में पहले से ही अनुभव की जा सकती थी। मैं व गामोव, तेज, विशिष्ट शैली में क़दम से क़दम मिलाकर चल रहे थे। सदा के जैसे, ना तो गामोव, न ही मैंने एक शब्द कहा, परंतु मुझे लगा कि मेरा साथी चिंतित है व मुझसे बात करना चाहता है।

प्रत्येक शनिवार हम येलेना अलेक्जान्द्रव्ना के फ़ार्म हाउस पर मिलते थे और वहाँ से हम पैदल ही मॉस्को लौटकर आते थे। इन सभी शामों को, उसकी उपस्थिति कदाचित ही दृश्यमान होती थी। थोड़ी लाल रंग की दाढ़ी, सदा कसकर बटन बंद और सदा थोड़ा सुस्त, वह गणित के उन शिक्षकों में सबसे विशिष्ट था जिनसे आजतक मैं कभी भी मिला था। आश्चर्य की बात है कि किसी ने भी उसकी आँखों पर ध्यान तक नहीं दिया, और मेरा स्वयं का ध्यान पहली बार उसी शाम को ही गया था। और फिर भी वे अद्‌भुत आँखें थीं, बड़ी, काली और निरंतर उदास, एक घायल हिरण के समान; किसी महिला के मुख पर, वे उसकी कुरूपता को भुला देने को विवश करती हैं, जबकि किसी पुरुष के मुख की कुरूपता उन्हें तुच्छ बना देती हैं।

साँझ समय येलेना अलेक्जान्द्रव्ना के यहाँ, वह सबसे दूर कोने में जंगली अंगूरों से बुनी छत पर बैठ जाता था। अब जब मैं सायंकाल में एक दीपक द्वारा रोशन हुई हरियाली को देखता हूँ, तो मैं गामोव के मुख और उदास आकृति को स्मरण किए बिना नहीं रह पाता। मुझे सदा ऐसा लगता है कि उसकी आत्मा किसी बहुत बड़े अनकहे दुःख के भार से दबी है।

जैसे–जैसे विदा लेने का समय निकट आने लगता, मुझे उसकी याचना भरी आँखें अपनी ओर देखती हुई प्रतीत होने लगतीं। ऐसा कई बार हुआ कि हाथों में टोपी लिए, गामोव को पूर्ण रूप से भूलकर लगभग आधे घंटे तक मैं अकेला ही बोलता रहा। अपनी उपस्थिति जताने के लिए बिना किसी आहट के वह मेरे पास ही खड़ा रहता, मौन, असीम मौन लिए। और जब मैं अंततः जाने वाला होता, तो वह लगातार, निरपवाद कायरता के साथ स्वयं की उपस्थिति एक साथी के रूप में अनुभव कराता। आज भी मैं नहीं जानता कि मुझे उसकी विशेष सहानुभूति का आनंद मिला है या फिर हो सकता है कि वह मुझे अपने और साथियों की तुलना में शारीरिक रूप से अधिक सशक्त मानता हो।

अब तक हम जिस वन में चल रहे थे, उसे पार कर आए। हमारे सामने एक खुला सपाट मैदान था, बिना एक भी झाड़ी के। सारा मैदान चाँदनी से भीगा हुआ था, मेघहीन आकाश में सुदूर कहीं एक गुंबद विलय होता दिखा। हम सड़क से हटकर ओस वाली घास पर चल दिए, जिसने हमारे क़दमों के शोर को दबा दिया, और अनायास ही मैंने संवेदनशीलता से रात को सुनना व देखना आरम्भ कर दिया। बहुत दूर कहीं से एक पक्षी अचानक उत्साहित होकर झाड़ी में चहकता हुआ उड़कर आया, मानो एक सपने के माध्यम से, कठिनाई से, हवा ने एक मधुर संदेश सुनाया हो।

हवा से कटी घास, शहद और ओस की सुगंध आ रही थी।

रात्रि में, खुले मैदान में, चंद्रमा के दृढ़ उज्ज्वल प्रकाश में, सभी भावनाओं ने कुछ विचित्र, सूक्ष्म संवेदनशीलता अर्जित की है। थोड़ा–थोड़ा करके, मैंने अपने साथी गामोव की मनोदशा समझते हुए संवाद करना

आरम्भ किया। मैंने कुछ गुनगुनाने का भी प्रयास किया, परंतु अपने गले से निकलने वाली खिंची हुई–सी, नकली आवाज़ से स्वयं ही भयभीत हो गया।

मैंने अनुभव किया कि गामोव टकटकी लगाए मेरे मुख की ओर देख रहा था। तभी मैंने भी उसकी ओर देखा। मुझे ऐसा प्रतीत हुआ कि वह इसी प्रतिक्रिया की प्रतीक्षा कर रहा था।

"कृपा करके मुझे बताओ," उसने अपने सामान्यतः विनम्र एवं थोड़ी भयभीत आवाज़ में कहा, "क्या आपने आज का वार्तालाप सुनना बंद कर दिया?" उस शाम का वार्तालाप भूत–प्रेतों, पूर्वाभासों, प्रेमालापों, श्वेत पोशाक में रहस्यमयी महिलाओं, वीर छात्रों व अधिकारियों के विषय में था, जो हमारे वार्तालाप के सामान्य विषयों में से एक विषय रहा।

"निस्संदेह, यह सब मिथ्यावाद है," गामोव ने मेरे उत्तर की प्रतीक्षा किए बिना ही जारी रखा, "और मज़ा लेने के लिए कहा गया था। परंतु मैंने पाया कि आपने उस वार्तालाप में भाग नहीं लिया, और इसलिए, यह कहने का साहस जुटा रहा हूँ कि आप उन मुद्दों को गंभीरता से ले सकते हैं जो मुझे चिंतित करते हैं।"

हम्म! मैं सोच रहा था। ऐसा प्रतीत हो रहा है जैसे एक संवेदनशील आत्मा प्रवाहित होने को तैयार हो चुकी है।

"मुझे बताइए... यदि आपका मज़ाक करने का मन है, तो आपको निश्चित रूप से उत्तर देने की आवश्यकता नहीं है। क्या आप किसी बात से भयभीत हैं?"

मुझे ऐसा प्रतीत हुआ कि जब उसने यह प्रश्न किया, वह तुरंत ही पीला पड़ गया, व तभी मैंने उसकी आँखों की सुंदरता और उदासी देखी जो चंद्रमा के प्रकाश में, उसके मुख पर और भी काली व और भी बड़ी लग रही थीं।

"यद्यपि मैं यह नहीं पूछ रहा हूँ। आप ऐसे भयभीत नहीं हो सकते, क्योंकि यह भय केवल सोच में है। आपके लिए सबसे अधिक भयावह बात क्या है? आप अपने पूरे जीवन में क्या नहीं भुला सकेंगे?"

मै अपने अनुभव से जानता था कि इस प्रकार का वार्तालाप, कल्पना को कैसे प्रोत्साहित करता है, और मैंने इसी उद्देश्य से रसहीन उत्तर दिया, "सत्य कहूँ तो, मैं छोटे, हरे मेंढकों से सबसे अधिक भयभीत हूँ।"

"मैं क्षमा चाहता हूँ, मैं नहीं जानता था कि यह वार्तालाप आपके लिए अप्रिय रहा," गामोव ने कहा, और विनम्रतापूर्वक अपना सिर झुका लिया।

मुझे बहुत ही खेद हुआ कि मैंने उसके विनम्र और गंभीर प्रश्न का उत्तर उपहास करते हुए दिया। मैं बाहर निकलने लगा।

"मुझे क्षमा करें, क्यों? मौन रहना भी तो बहुत उबाऊ है। मैं केवल इतना कहना चाहता था कि मेरी सोच सशक्त है और मेरी कल्पना की उड़ान इतनी ऊँची है कि मैं समझता हूँ, मैं किसी भी भय के आगे घुटने नहीं टेकूँगा।"

जब गामोव ने फिर से एक सामान्य, खोखली आवाज़ में वार्तालाप आरम्भ किया, तो मैंने उसकी बातचीत में एक विचित्र विशेषता पायी। वह अक्सर बोलते समय अपनी साँस रोक रहा था व बहुत कम हवा ले रहा था, जैसे उसका दम घुट रहा हो। इसलिए, उसके वाक्य छोटे व अस्थिर थे व उसकी आवाज़ कठिनाई से ही सुनाई दे रही थी। संभवतः वह छाती के किसी रोग से ग्रस्त था।

"और मैं, मेरे अतिप्रिय, बहुत वस्तुओं से भयभीत हूँ, लगभग प्रत्येक वस्तु से। जब मैं छोटा बालक था, मुझे विभिन्न वस्तुओं से डराया जाता था जैसे डायनों से, फूलझाड़ुओं से, आप जानते ही हैं कि सामान्य रूप से बच्चों को किन वस्तुओं से अधिक डर लगता है। और मैं बहुत अशान्त व दुर्बल बच्चा रहा हूँ। भय, संभवतः मुझमें जीवनभर के लिए बस चुका था। मेरा विश्वास करो, मैं अब भय का आनंद लेने के लिए अन्तिम बिंदु पर पहुँच गया हूँ, और जब मैं इस घिनौनी कायरता से उबर जाता हूँ, तो मैं स्वयं को और भी अधिक चिंतित करने का प्रयास करता हूँ। उदाहरण के लिए, सबसे निरपराध वस्तु हैं, चाँदनी रातें। क्या वह भयानक नहीं हैं? शीतल प्रकाश, ना तो श्वेत है ना ही नीला, अर्थात् सुन्न... एकदम मुरझाया हुआ, एकाकी चाँद, जीवन व वातावरण हीन... चाँदी के असंख्य बिंदु... और पृथ्वी, ऐसा ही एक बिंदु, रेतीला

कण जो अनन्त अंधकार की ओर दौड़ रहा है... भयावह! सब कुछ, सब कुछ मुझे और अधिक स्पष्ट रूप से बताता है कि मैं मृत्यु को प्राप्त हो जाऊँगा, एक उत्तम समय पर मेरी देह नष्ट हो जाएगी, और यह कि मेरी मृत्यु निश्चित रूप से यथार्थ विश्व कानून के लिए आवश्यक है ... विकट परिस्थिति!.."

वह लगभग दस क्षण के लिए मौन रहा, थोड़ा हाँफ़ता रहा, और फिर जारी रखा।

"हम दोनों के लिए कुछ नहीं। और जब आप अकेले चलते हैं, और वह भी ऐसे समतल मैदान में जैसे अभी हम चल रहे हैं, तो आपकी सारी भावनाएँ तनाव में होती हैं। यह देखिए कि कैसे इस झूठे प्रकाश ने सभी अनियमितताओं को एक मेज़पोश के समान चिकना कर दिया। एक मैदान, और ऐसा लगता है कि इसका कोई अंत नहीं है... और मैं अकेला चलता हूँ और सोचता हूँ कि सैकड़ों मील तक मेरे अतिरिक्त एक भी जीवित प्राणी नहीं है। और जहाँ तक तुम्हारी दृष्टि जाती है, तुम मुझे प्रत्येक स्थान से देख सकते हो। यदि मैं छुपना चाहता हूँ, तो कहीं कोई स्थान नहीं। परंतु जैसे ही मैं इसके विषय में सोचता हूँ, मुझे लगता है कि वास्तव में कुछ अदृश्य आँखें मुझे ही देख रही हैं। जहाँ भी मैं मुड़ता हूँ, सब ओर से देख रही हैं। और आगे से, और दाएँ–बाएँ से, और पीछे से... ।" सब कुछ बहुत भयानक है, वापस मुड़ने के लिए खींचता है। और दिल धड़कता है, ऐसे धड़कता है कि यह 'अदृश्य' भी संभवतः इसकी आवाज़ सुन सकता है, सिर पर बाल हिलते हैं। एक विचित्र–सा भय, शीत के समान, पूरे शरीर को जकड़ लेता है... अंतिम शब्द उसने नहीं कहे, अपितु अचानक वह गूँजती आवाज़ में बहुत जोर से चिल्लाया। एक कँपकँपी–सी मेरी पीठ में बिजली की कौंध–सी दौड़ गई। फिर भी मैंने गामोव को नहीं रोका, यद्यपि मुझे लगा कि वह अब तितर–बितर होने वाला है। जिज्ञासा मुझपर हावी हो गई।

कुल मिलाकर, मेरे लिए सबसे चिंता की बात गामोव की आवाज़ में रहस्य का संकेत था। यह एक सहचर है। हाँ! वह व्यक्ति नहीं जो चौराहे पर आपका मार्ग रोकता है और आपकी गर्दन पकड़ लेता

है। यह बहुत निश्छल है, वह खाना चाहता है और काम नहीं करना चाहता। मैं एक ऐसा व्यक्ति हूँ जो बल से बल को पीछे हटाने में सक्षम है। गामोव अचानक फुसफुसा कर बोला, "मुझे यह तथ्य भयभीत कर रहा है कि प्रत्येक व्यक्ति में एक अज्ञात तमस, भयानक पहलू है, जो अन्य सभी के लिए बंद है। आपको उकताहट तो नहीं हो रही है, मैं इतना बोल रहा हूँ?"

"नहीं, नहीं, बिल्कुल नहीं। आप बहुत रुचिकर बात कर रहे हैं।"

"अच्छा, क्या आपको कभी स्वप्न आया कि आप बहुत कठिन परीक्षा दे रहे हैं? आपसे एक प्रश्न पूछा जाता है, और आप पूर्णतः निरुत्तर हैं। आप गंभीरता से सोचते हैं, बहुत गहराई से विचार करते हैं, पर उत्तर, जैसे हठ पकड़ कर बैठा हो, मस्तिष्क में नहीं आता। तब शिक्षक आपके दूसरे सहपाठी की ओर मुड़ता है, वही प्रश्न उससे भी करता है और वह एकदम सटीक व उपयुक्त उत्तर देता है। और आपको अपनी अज्ञानता पर लज्जा आती है। क्या कभी आपके साथ ऐसा हुआ है?"

"मुझे याद नहीं है," मैंने उत्तर दिया। मैं अभी भी समझ नहीं पा रहा था कि गामोव वार्तालाप को किस ओर मोड़ना चाहता था। "वैसे भी, यदि मैंने ऐसा कुछ नहीं देखा है, तो मैंने कुछ ऐसा ही देखा है। मैं समझता हूँ कि आप क्या व्यक्त करना चाहते हैं।"

"आप समझ रहे हैं? अच्छी बात है। अब आगे सुनिए। संभवतः आप कभी किसी स्थान पर घूमने गए हों और बहुत गहराई से सोचा हो। तो सोचिए कि यदि आपसे पूछा जाए कि आप किन–किन मार्गों पर चल रहे थे, तो आप उत्तर नहीं दे पाएँगे। और इसी प्रकार, आपने यत्नपूर्वक गड्ढों को पार किया, गंदे स्थानों को अनदेखा किया और कभी कहीं गिरे नहीं। और? ऐसा क्यों? और ऐसी अनगिनत घटनाएँ हैं... मैंने उनमें से एक बहुत ही असाधारण–सा सिद्धांत निकाला..."

उसने आकाश की ओर धुँधले तारों को देखा और रुक गया।

"जैसा कि आप देख सकते हैं, मुझे लगता है कि मनुष्य की दो इच्छाएँ होती हैं। एक है– चेतन अवस्था। इस अवस्था में, अपने द्वारा

किए गए कार्यों को मैं हर घंटे, हर क्षण नियंत्रित कर सकता हूँ, व मैं, इस जागृत अवस्था की उपस्थिति निरंतर अनुभव करता हूँ। ख़ैर, एक शब्द में, यह वही है जो प्रत्येक व्यक्ति इच्छा के नाम से समझने का अभ्यस्त है। और दूसरी इच्छा अचेतन है; कुछ संदर्भों में वह मनुष्य को उसके बिना ही पूर्ण रूप से नियंत्रित करती है, बहुत बार तो उसकी इच्छा के विरुद्ध भी। वह मनुष्य की समझ से बिल्कुल परे है और ना ही वह अपने आपमें अनुभव कर पाता है। स्वप्न में, आपका मित्र परीक्षा का उत्तर देता है। जबकि वास्तव में कोई सहपाठी उपस्थित नहीं है। उत्तर तो आप दे रहे हैं, आप अपने ही उत्तर से आश्चर्यचकित हैं। कैसी यह दुविधा है, आप देख ही रहे हैं? यहाँ तक कि अभी, इसी क्षण, आप चल रहे हैं, अपने पैरों पर चल रहे हैं, बाँहों को हिला रहे हैं। परंतु आप अपने हाथों व पैरों के विषय में भी भूल गए, क्योंकि आप बात करने में व्यस्त हैं। यदि कोई और नहीं तो कौन आपके हाथ–पाँव चला रहा है? अचेतन इच्छा! और सम्मोहन, जब एक व्यक्ति अपनी इच्छा के विरुद्ध, दूसरे के आदेशों का पालन करता है! और बहुत कुछ। क्या आप कम से कम मेरे विचारों को थोड़ा बहुत भी समझ पा रहे हैं?"

मुझे ऐसा लग रहा था जैसे मेरी ओर अपनी उदास, बड़ी–बड़ी आँखों से देखते हुए वह अपने इस विचित्र वार्तालाप के लिए क्षमा माँग रहा हो।

"हाँ, मैं आंशिक रूप से समझ रहा हूँ," मैंने अस्पष्ट रूप से उत्तर दिया।

"तो मनुष्य के इसी रहस्यमय पहलू से मैं बहुत भयभीत हूँ," गामोव ने अपनी आवाज़ को फिर से धीमा करके फुसफुसाते हुए कहा। "जब यह दूसरी इच्छा है, तो यह एक भौतिक अंग भी है, जो अन्य सभी अंगों के साथ, रोगों से ग्रस्त है। केवल मनुष्य इस इच्छा के विषय में कुछ भी नहीं जानता है और अपने रोग का अनुभव नहीं करता है। यही बात सबसे भयानक है। पागल, दीवाने, अपराधी, वंशानुगत प्रवृत्तियों के साथ, पैशाचिक, अप्राकृतिक वासनाओं से ग्रस्त, मिर्गी के रोगी, ये सभी दुर्भाग्यशाली हैं जिनके अपने रोग बहुत हठी, अप्रत्याशित व भयानक

रूप से उजागर होते हैं, वे सभी एक ही कारण से पीड़ित हैं जो उनकी दूसरी इच्छा को प्रभावित करती है। प्रमुख बात यह है कि यह आकस्मिक और पूर्ण रूप से समझ से परे है। मैं अपने–आपसे भयभीत हूँ, तुमसे भयभीत हूँ, मैं प्रत्येक से भयभीत हूँ। ठीक है, उदाहरण के लिए, आप और मैं चल रहे हैं, और अचानक मैं रुक जाता हूँ, आपको आस्तीन से पकड़ लेता हूँ (गामोव ने वास्तव में मेरी आस्तीन को पकड़ लिया, जिससे मेरे शरीर में एक विचित्र–सी सिहरन दौड़ गई) और अकारण ही, चुपचाप, एक भयानक, घृणित मुस्कान मुख पर दिखती है। क्या यह भयानक नहीं है? विशेषकर रात में, खुले मैदान में, आमने–सामने?"

मैंने अनमनी जिज्ञासा के साथ गामोव के मुख को देखा। मुझे लगा कि यदि वह वास्तव में अब मुस्कुराया, तो संभवतः भयभीत होकर मैं भी मुस्कुरा पड़ता। अकेले इस विचार ने ही मुझे उदास कर दिया, पर मेरा सौभाग्य रहा कि गामोव मुस्कुराया नहीं।

हम उस स्थान पर आ पहुँचे जहाँ सड़क दो मार्गों में विभाजित हो रही थी। एक मार्ग मॉस्को की ओर जाता है, और दूसरा उपनगरीय उद्यान की ओर। चौराहे पर दो अल्हड़ से भोज वृक्ष खड़े थे।

"क्या आपके पास सिगरेट है?" गामोव ने पूछा, "मेरी सारी सिगरटें पैकेट से बाहर निकल आईं।"

आगे हम चौराहे पर रुके और वह धूम्रपान करने लगा। गामोव सिगरेट पीने में शीघ्रता कर रहा था, और मैं सोचने लगा कि उसके मस्तिष्क में फिर कोई और विचार आया होगा। वास्तव में, वह धुएँ के क़श लगातार लगाते हुए फिर बोला, "क्या आप इस विचित्र तथ्य को जानते हैं कि एक हत्यारा अपराध स्थल की ओर आकर्षित होता है? स्पष्ट है, यह सत्य खोखला व असामान्य है, परंतु यह एक बार पुनः संभवतः मेरे हास्यास्पद सिद्धांत की पुष्टि करता है। जरा सोचो, कभी, कोई भी हत्यारा जानबूझकर कुछ भी नहीं करेगा। यह अविवेकपूर्ण व कष्टदायी है और अंत में यह बिल्कुल अनावश्यक है। यद्यपि, वह कभी नहीं बताएगा कि वह क्यों आया। आप इस विषय में क्या विचार रखते हैं?" मैं नहीं जानता था कि क्या कहूँ सिवाय अपरिभाषित हां–हूं के; मैं

असहज हो रहा था। जब गामोव धुएँ के क़श फिर लगातार लगा रहा था, तब कभी जलती सिगरेट के प्रकाश में उसका मुख उजला दिख रहा था तो कभी उसकी नाक से लेकर भौंहों तक लंबी छाया के साथ फिर अंधेरे में डूबा मुख मुझे भयानक लग रहा था। दुर्भाग्य से, मैं अब उसे रोक नहीं पाया क्योंकि मैं ऐसा करने में असमर्थता अनुभव कर रहा था। भोर से पहले भीनी पुरवाई भोज वृक्ष की चोटी पर पत्तों को स्पर्श करते हुए निकल गई, जिसके नीचे हम खड़े थे और वो जैसे ख़तरे का अनुभव कर शोर मचाते हुए काँप गए। गामोव ने बड़ी ही अशिष्टता से अधजली सिगरेट को भूमि पर फेंक दिया और मेरी ओर बड़ी अधीरता से देखा।

"हाँ, उदाहरण के लिए, कल्पना कीजिए कि आप मेरे साथ नहीं अपितु किसी और के साथ जा रहे हैं, ठीक उन्हीं परिस्थितियों में और उसी वार्तालाप के बाद जो मैंने आपके साथ किया था। उसी प्रकार जैसे अब आप इन्हीं भोज वृक्षों के नीचे रुकते हैं ... और अचानक आपका मित्र, सामान्यतः मौन और दिखने में कायर, आपको बताना आरम्भ करता है कि वह दो वर्ष पहले इसी स्थान पर कैसा था ... "

गामोव ने उसे उँगली से सामने इंगित करते हुए दिखाया। उसकी आवाज़ दुर्बल हो गई और फट रही थी। उसने एक महिला की हत्या कर दी। और सबसे महत्वपूर्ण बात है कि, आप देखते हैं कि वह उपहास नहीं कर रहा है, क्योंकि वह इतनी छोटी–छोटी, सूक्ष्म व विचित्र जानकारी देता है कि कोई मनोवैज्ञानिक लेखक सोच भी नहीं सकता ... ख़ैर, कम से कम यहाँ तो..."

गामोव ने एक क्षण के लिए सोचा, जैसे कुछ याद आ गया हो। लंबे समय से चला आ रहा आतंक मानो मेरी पीठ पर अपने मख़मली हाथ रख फिर से रेंग गया हो...

मैंने यह सब बहुत ही समझदारी से व्यवस्थित किया (मैं आपके इस मित्र की ओर से बोल रहा हूँ)। "आप कल्पना कीजिए, न तो पिता और न ही माँ को पता था कि वह मुझे जानती है। इससे भी बड़ी बात कि वह मुझसे घृणा करती थी, मुझे सहन नहीं कर सकती थी जैसे

मैं कोई कमीना हूँ, परंतु फिर भी मैं उसकी इच्छा व कल्पना को प्राप्त करने में अविश्वसनीय रूप से सफल रहा। यदि मैं दोपहर में उसकी खिड़की के पास से निकलता, तो वह निश्चित रूप से सायंकाल से पहले त्वेर्सकोई मार्ग पर आ जाती। यह हमारा पारंपरिक संकेत था (आप समझ सकते हैं कि कितना छोटा विवरण है)। ऐसा समर्पण इसलिए था क्योंकि मैं ग़लती से उसका एक भेद जान गया था, एक बहुत ही साधारण–सा रहस्य कि इस युवती का एक बच्चा था। मेरे हाथों में वास्तविक साक्ष्य लग गए थे, और वह अपने माता–पिता की एकमात्र संतान थी। और इसके अतिरिक्त, यहाँ कुलीन गौरव का भी प्रश्न था। हाँ, धिक्कार है! बहुत–सी गूढ़ताएँ थीं।" (ध्यान देने की बात है कि आपका यह परिचित ही आपको यह सब बता रहा है।)

"और मैं रहस्य का धुंधला कंबल ओढ़कर यह सब करने में सफल रहा। अपराधी कहना चाहते हैं आप? केवल यही पाप है; सबसे अनुकूल शब्द। यद्यपि यह सब भौतिक लाभ के कारण नहीं किया गया था, अपितु इसलिए कि आपका परिचित इस युवती से प्रेम करता था। ऐसे ही एक दिन, मैंने उसे गर्मियों में एक निश्चित स्थान पर आने का आदेश दिया; हमने एक टैक्सी ली और नगर से बाहर फ़ार्म हाउस के लिए निकल पड़े। स्पष्ट है, फ़ार्म हाउस तो केवल एक बहाना था, हमें वहाँ कोई नहीं मिला। और पैदल ही वापस लौटना पड़ा, जैसे अब मैं आपके साथ हूँ। यहाँ तक कि रात भी कुछ गर्म व महकती चाँदनी–सी थी... केवल अब।"

गामोव ने अपनी जेब से घड़ी निकाली और उसे अपनी आँखों के समीप लाकर देखा। तीन बजने में पाँच मिनट अभी शेष थे और फिर हम चौराहे पर डेढ़ बजे से पहले–पहले पहुँचे। "तुम समझ रहे हो ना? मैंने उससे प्रेम किया था! वह आश्चर्यजनक रूप से अच्छी थी, अद्भुत थी! उसमें कुछ तो ऐसा था! कुछ भावुक, निडर और बहुत सशक्त थी। महिला के रूप में, उसने कभी मेरे साथ मिलकर आनंद ढूँढने का वचन दिया था। वह मुझसे लंबी थी, लचीली, पतली कमर वाली, प्रकृतिदेवी के समान, दृढ़ व छोटी भुजाओं वाली। उसका कोमल स्वभाव व उसके

बाल विशेष रूप से प्रभावित करते थे। उसके सुनहरे, कोमल बाल, कहीं–कहीं नारियल का रंग उसके बालों को और अलंकृत कर रहा था। उसके बाल केश सज्जा शैली की चिंता नहीं कर रहे थे व उसकी आँखों पर अक्सर छा जाते थे। उसकी एक मनोहारी आदत थी, वह अपने सिर को झटक कर आँखों पर आए बालों को पीछे करती थी। वह निराली स्त्री थी! क्या आपने कभी इस लुभावनी चंचलता का अनुभव किया है जब आपको यह पता चलता है कि जिस स्त्री से आप प्रेम करते हैं, जो आपसे घृणा करती है, वह आपके हाथों में है और आप उसे बलपूर्वक ले सकते हैं? क्या यह सत्य है कि आपने इसका अनुभव नहीं किया? और मेरी जेब में एक अमरीकी बंदूक थी– मेर्विंगा, और हर बार जब मैंने अपना हाथ अपने कोट की दाहिनी जेब में डाला और बंदूक के मुँह की ठंडक अनुभव की, तो मैंने कई बार सोचा कि यदि मैं यहाँ गोली चला दूँ, तो एक भी आत्मा नहीं सुन पाएगी। और हर बार मैं कुछ शापित मीठे पूर्वाभास से बाहर निकलना चाहता था। वैसे, आपका मित्र यहाँ आपको एक बात और विस्तार से बताएगा। उसने यह बंदूक इस आधार पर ली कि, उसे लगता था कि यदि ग़लती से भी कुछ हो जाए तो रक्त कम बहेगा...

"हे ईश्वर! यह कितने आनंद की बात है! उससे प्रेम का स्वीकरण करना, उसके प्राण लेने की चेतावनी देना, और फिर बंदूक से उसकी कनपटी तक दुलार करना! आह, यह एक अवर्णनीय प्रेम है ... परंतु आप जानते हैं ... " गामोव अचानक रुक गया और रूखे, कठोर स्वर में हँसने लगा; मैं हिल नहीं सका। "ये सब, स्पष्ट है, उदाहरण के लिए ... क्या आप जानते हैं कि उसने क्या किया जब मैंने, इस स्थान पर जहाँ हम इस क्षण आपके साथ खड़े हैं, उसकी कनपटी पर बंदूक रख दी और अशिष्टता से, ठीक है, तो इतनी असभ्यता से, केवल एक शराबी सैनिक ही ऐसी माँग कर सकता है, कहा कि वह स्वयं को मुझे समर्पित कर दे? क्या आप जानते हैं उसने क्या किया? वह ठहाके लगाते हुए हँस पड़ी और मुझे क़ायर कहती है, इस प्रकार की शरारत करने में भी असमर्थ। और ऐसा नहीं है कि उसकी हँसी नकली थी, पर वास्तव में, जोर से,

तिरस्कारपूर्ण ... ओह, उस क्षण वह कितनी सुंदर लग रही थी और मुझे अपनी ही घिनौनी चेष्टा का आभास हो रहा था। परंतु मैं निश्चिंत था। मैंने कहा कि मैं इसी क्षण गोली मार दूँगा। उसने एक माँसपेशी तक नहीं हिलाई और वह बिना रुके हँसती रही। उसकी आँखें बहुत बड़ी व और शरारती हो गईं... मैंने कठिनाई से ट्रिगर को दबाया... मेरी उँगलियाँ निष्प्राण हो गई थीं और होंठ अधीर हो गए... मेरे विचार और प्रखर हो गए। मैं स्वयं को परखता रहा कि ऐसा करने में समर्थ हूँ या नहीं? मुझे ऐसा लगा कि यह रुचिकर था कि आपको बलपूर्वक ट्रिगर दबाना पड़ेगा? मैं धीरे–धीरे दबा रहा था, और बग़ल से ऐसा लग रहा था जैसे मैं स्वयं को देख रहा हूँ ... और अचानक उसका मुख क्रोध से भर गया। घाटी में एक विचित्र–सी गड़गड़ाहट सुनाई दी। पहले तो मुझे कुछ समझ नहीं आया ... और किसी आसुरी प्रवृत्ति ने मेरे मस्तिष्क को प्रभावित किया, जब उसका चेहरा लाल हो गया, उस क्षण भी मैं उसके होंठों पर मुस्कान लाने में सफल रहा!"

"जब मैं उसकी ओर झुका, तो उसकी कनपटी व माथे का एक भाग रक्त से लथपथ था। भूमि पर रक्त का पोखर बन चुका था और उसकी ऊपरी सतह पर कुछ श्वेत चिकना स्राव था। पता नहीं, हो सकता है संभवतः मुझे ही ऐसा प्रतीत हुआ हो। उसके सुनहरे बालों का एक छोर घाव से चिपका हुआ था। इस सारे वृत्तांत ने जाने कितने महीनों तक मेरे मस्तिष्क का साथ नहीं छोड़ा। मैं सब कुछ वापस ले लेना चाहता था और सावधानीपूर्वक उस छोर को भी बाहर खींच लेना चाहता था ... मृत्यु अप्रिय, भयानक व रहस्यमयी है... परंतु पास में खड़े रहना... यह चिंतन करना कि कैसे एक युवा, सुंदर स्त्री, जो क्षण भर पहले हँस रही थी, एक ठंडी जर्जर काया बन कर रह जाती है। और जब मैंने स्वयं, अपने हाथों से इस रहस्यमयी घटना को चरितार्थ किया हो! यह नरक के समान है!!!.."

गामोव घुटन का अनुभव कर रहा था। उसके अंतिम शब्द कठिनाई से ही सुनाई दिए, जैसे गहन चिंतन या कृत्य में होता है, अपने मुख को उसने हाथों में छुपा लिया। जब उसने अपने हाथ

हटाए, तो मैंने देखा कि उसका मुख एक कुटिल, थकी हुई मुस्कान से विकृत हो गया था।

"ठीक है, अच्छा! और क्या आप जानते हैं कि सबसे भयानक क्या है, मेरे युवा मित्र? सबसे कुरूप बात यह है कि मैं आपके वर्तमान विचारों को पढ़ सकता हूँ। आपको लगता है कि यह सारी कहानी आपके उस काल्पनिक मित्र के साथ नहीं, अपितु स्वयं गामोव के साथ घटित हुई है। और हत्यारे को अपराध स्थल पर ही मिलने वाले सबसे पहले व्यक्ति को यह सारा दृष्टांत बताने के लिए प्रेरित किया गया था, क्या कहना चाहिए, नरक देखने के लिए? क्या यह सत्य है? वास्तव में?"

जब उसने यह सब कहा, तो मैं उसी क्षण अद्भुत स्पष्टता के साथ उस विचार को समझ गया जिसने मुझे लंबे समय से प्रताड़ित किया था। मैं और अधिक स्पष्टता से कल्पना करने से डरता था। हमारी आँखें मिलीं व दूर नहीं हो सकीं। हमारे मुख बहुत निकट आ गए। अमानवीय कलंक, आसुरी बेड़ियों ने मेरे शरीर को जकड़ लिया, बर्फ़ीले हाथ ने मेरा गला दबा दिया। यदि यह अवस्था कम से कम तीन क्षण तक और रहती, तो कुछ हास्यास्पद अवश्य होता। हो सकता था मैं भाग खड़ा होता और तब तक दौड़ता जब तक कि मैं थक कर गिर नहीं जाता। हो सकता था कि हम दोनों, दो जंगली जानवरों के समान एक–दूसरे पर चीखते हुए टूट पड़ते...

दूर सड़क पर पहियों की आवाज़ सुनी जा सकती थी। गामोव और मैं दोनों ने एक ही समय एक साथ लम्बी आह भरी, मानो किसी भयानक स्वप्न से जागे हों, और हमने एक–दूसरे से आँखें दूर कर लीं।

"ख़ैर, मैं नहीं जानता था कि आप इतने उत्तेजित हो जाएँगे," गामोव ने मज़ाक में कहा, परंतु मैंने उसे उत्तर नहीं दिया।

पूरे मार्ग में हमने एक–दूसरे से एक शब्द भी नहीं कहा और एक–दूसरे से हाथ मिलाए बिना ही अलग हो गए।

और पूर्व में, गहरे लाल, पीले और गुलाबी रंगों का प्रकाश पहले से ही प्रज्वलित था। अकेले भूरे रंग के घनघोर मेघ ने बीती रात का

स्मरण करा दिया, परंतु स्थान–स्थान पर आकाश सुर्ख़ सोने–सी पतली, लंबी धारियों में बँटा हुआ था और उसके किनारे मेघ मानों गुलाबी इंद्रधनुषी झिलमिलाहट के साथ खेल रहे थे।

गामोव ने येलेना अलेक्जान्द्रव्ना के फ़ार्म हाउस पर आना–जाना बंद कर दिया। यद्यपि मैं जाता रहता था, पर मैं फ़ार्म हाउस से मॉस्को दूसरे मार्ग से वापस आता था।

19

संस्मरण

मिख़ाईल बुल्गाकव

बहुत, बहुत सारे लोगों की व्लादिमीर ईलिच से संबंधित बहुत–सी यादें जुड़ी हैं, और उन्हीं में से एक मैं भी हूँ। निश्चित रूप से वह आज भी जीवंत है, और मैं उससे कभी अलग नहीं हो सकता। और आप कैसे भुला सकेंगे, जब हर साँझ, तुरही की सुरीली लय के साथ कमरे में हर्षोल्लास व सुखद उत्साह की लहरें बहती हों। मुझे याद है पीत पत्र मेरे अपने प्रसिद्ध उद्घोष का और नाद्येज़्दा कन्स्तान्तीनव्ना की घिसी हुई जैकेट...

आप कैसे अलग होंगे यदि हर साँझ, 50 मोमबत्तियाँ एक साथ जलती हों और हरियाले साये में मैं लिख व पढ़ सकता हूँ, बिना यह सोचे–समझे कि आँगन में शून्य से 18 डिग्री नीचे हवा चल रही है।

क्या हम अपनी यादों से बिछड़ने की कल्पना कर सकते हैं? जैसे ही मैं अपना सिर उठाता हूँ, कमरे की छत बिल्कुल अपने ऊपर पाता हूँ। यह सत्य है कि, छत बहुत नीची है– तल से कम ऊँची, धूम्रवर्ण व दरार भरी, पर फिर भी छत तो है ना, कम से कम प्रीचीस्त्येन्की मार्ग पर तारों भरे नीले आकाश के नीचे तो नहीं! मेरे पास काले मकड़जाल के नीचे है – प्रकाश और पुस्तकें, और हाऊसिंग एसोसिएशन का एक पत्रक। इसका अर्थ है कि मैं तब तक अस्तित्व में रहूँगा जब तक पूरा घर है। कोई बखेड़ा नहीं होगा और मैं जीवित हूँ।

परंतु मैं आपको सब कुछ क्रम से बताऊँगा।

वर्ष 1921 का अंत था। और मैं मॉस्को आ पहुँचा। मेरा यह प्रयत्न विशेष रूप से मेरे लिए कठिन नहीं था, क्योंकि मेरा सामान बहुत थोड़ा था। मेरा सब सामान कैरी–ऑन सूटकेस में आ गया। इसके अतिरिक्त मेरे कंधों पर भेड़ की खाल का कोट था। इसका वर्णन मैं नहीं करूँगा। मैं ऐसा कुछ भी नहीं कहूँगा, जिससे पाठक में घृणा की भावना जग जाए, जो आज भी मुझे उन अपशब्दों को याद कर यातनाएँ देता है।

यह कहना पर्याप्त है कि त्वेर्सकाया सड़क पर अपनी पहली यात्रा में, मैंने छह बार अपने कंधों के पीछे एक प्रशंसात्मक फुसफुसाहट सुनी, "यह आधा फ़र कोट है!"

दो दिनों तक मैं मॉस्को में घूमता रहा और, कल्पना करें, मुझे एक स्थान मिला। यह विशेष रूप से भव्य नहीं था, परंतु यह अन्य स्थानों की तुलना में उतना बुरा भी नहीं था। उन्होंने मुझे अनाज भी दिया और अगस्त के लिए दिसंबर में वेतन का भुगतान भी किया। और मैंने सेवा करना आरम्भ कर दिया।

और फिर सबसे बुरी स्थिति मेरे सामने प्रश्न बनकर उठी... कमरे के विषय में। किसी व्यक्ति को एक कमरे की आवश्यकता होती है। कमरे के बिना, कोई भी व्यक्ति जीवित नहीं रह सकता है। मेरे आधे कोट ने मेरे कोट, कंबल, मेज़पोश और बिछावन का स्थान ले लिया । परंतु वह कमरों को नहीं बदल सकता था, और ना ही सूटकेस। सूटकेस बहुत ही छोटा था। इसके अतिरिक्त, इसे गर्म नहीं किया जा सकता था। और एक बात मुझे अनुचित लगी जैसे कोई कर्मचारी सूटकेस में रह रहा हो।

मैं आवास विभाग गया और 6 घंटों तक पंक्ति में खड़ा रहा। सातवें घंटे के आरम्भ में, मैंने अपने जैसे लोगों के अंतिम छोर पर कार्यालय में प्रवेश किया, जहाँ मुझे बताया गया कि मुझे दो महीनों में एक कमरा मिल सकता है।

दो महीनों में लगभग साठ रातें होती हैं, और मुझे इस बात में बहुत रुचि थी कि मैं उन्हें कहाँ बिताऊँगा। यद्यपि, इनमें से पाँच रातों

को एक ओर रखा जा सकता था क्योंकि मॉस्को में मेरे पाँच परिचित परिवार रहते थे। दो बार मैं सामने सोफ़े पर सोया, दो बार कुर्सियों पर व एक बार गैस स्टोव पर सोया। और छठी रात मैं प्रीचीस्त्येन्की मार्ग पर रात बिताने गया। यह बहुत सुंदर मार्ग है, परंतु नवंबर माह में आप यहाँ एक रात से अधिक नहीं बिता सकते। जो भी यह सुनिश्चित करना चाहे वह ऐसा कर सकता है। सुबह–सवेरे, जब विशाल गुंबदों के ऊपर आकाश पीला पड़ गया, मैंने चाँदी जैसी बर्फ़ की पतली परत से ढका सूटकेस उठाया और ब्रयांस्की रेलवे स्टेशन की ओर चल पड़ा। वहाँ रात बिताने के बाद मैं शीघ्रातिशीघ्र मॉस्को छोड़ देना चाहता था। बिना किसी खेद के, मैंने बैग में लाल धान व नवंबर का वेतन रखा, जो मुझे फरवरी में दिया जाना था। ये गुंबद, छत, खिड़कियाँ व मॉस्को के लोग मुझसे घृणा करते थे, और मैं ब्रयांस्की रेलवे स्टेशन चला गया।

फिर कुछ ऐसा हुआ जिसे चमत्कार ही कहा जा सकता है। ब्रयांस्की रेलवे स्टेशन पर मेरी भेंट अपने एक मित्र से हुई। मुझे लगा था कि वह जीवित नहीं है।

परंतु वह न केवल जीवित था, अपितु वह मॉस्को में ही रहता था। और तो और, उसके पास एक अलग कमरा भी था। ओह, मेरे बहुत अच्छे मित्र! एक घंटे बाद ही मैं उस कमरे में था।

उसने कहा, "रात भर ठहर जाओ। परंतु मैं तुमको पंजीकृत नहीं करूँगा। तुम स्वयं अपना पंजीकरण करवा लेना।"

रात मैंने वहाँ बिताई, और दिन के समय मैं आवास कार्यालय गया और साथ रहने के लिए पंजीकृत करने के लिए कहा।

गृह प्रबंधन के चेयरमैन, मेमने की टोपी और कॉलर पहने व समोवर रंग में मोटा व्यक्ति, अपनी कोहनियाँ फैलाकर बैठा था। अपनी ताँबे जैसी आँखों से वह मेरे कोट के छिद्रों को घूर रहा था। मेमने की टोपियों में गृह प्रबंधन के सदस्य अपने नेता को चारों ओर से घेरे हुए थे।

"कृपया मुझे पंजीकृत करें," मैंने कहा, "क्योंकि कमरे के मालिक को मेरे वहाँ रहने से कोई आपत्ति नहीं है। मैं बहुत शांत व्यक्ति हूँ।

मैं किसी के कार्य में कोई हस्तक्षेप नहीं करूँगा। मैं नशे में धुत नहीं होऊँगा और ना ही द्वार खटखटाऊँगा..."

"नहीं," अध्यक्ष ने उत्तर दिया, "मैं इसे नहीं लिखूँगा। आपको उस घर में नहीं रहना चाहिए।"

"तो फिर मैं कहाँ रहूँ?" मैंने पूछा, "कहाँ? मैं सड़क पर तो नहीं रह सकता।"

"मेरा इस बात से कोई लेना–देना नहीं है," अध्यक्ष ने उत्तर दिया।

"बाहर निकलो तुम यहाँ से! भार हो तुम, भार!" अध्यक्ष के साथी कठोर आवाज़ में चिल्लाए।

"मैं भार नहीं हूँ... ना ही मैं कोई अवरोध हूँ," मैं निराशा में बुदबुदाया, "मैं कहाँ जाऊँ? मनुष्य हूँ मैं भी।"

हताशा ने मुझे निगल लिया।

यह सब पाँच दिनों तक चला, और छठे दिन एक लंगड़ा व्यक्ति अपने हाथों में मिट्टी के तेल के डिब्बे के साथ दिखाई दिया। उसने कहा कि यदि मैं कल स्वयं नहीं छोड़ूँगा, तो पुलिस मुझे उठा ले जाएगी। मैं तब उन्माद में चला गया।

रात को मैंने विवाह की एक मोटी, सुनहरी सर्पिल मोमबत्ती जलाई। एक सप्ताह से बिजली बंद थी और मेरा मित्र भी मोमबत्तियों का उपयोग कर रहा था, जिनके प्रकाश में उसकी चाची ने अपना हृदय व हाथ उसके चाचा को समर्पित किया था। मोमबत्ती मोम के आँसू बहाती है, ऐसा प्रतीत हुआ। मैंने एक बड़ा कोरा कागज़ रखा और उसपर कुछ लिखना आरम्भ कर दिया जो इन शब्दों के साथ प्रारम्भ हुआ – अध्यक्ष, पीपुल्स कमिसर्स काऊंसिल, व्लादिमीर ईलिच लेनिन। मैंने सब कुछ, सब कुछ इस कागज़ पर लिखा था कि मैंने सेवा में कैसे प्रवेश किया, और मैं आवास विभाग गया, वहाँ क्या कहा गया, और कैसे मैंने मसीह के कैथेड्रल से 270 डिग्री पर तारों को देखा, और मुझे कैसे चिल्ला–चिल्ला कर बोला गया, "बाहर निकलो तुम यहाँ से! भार हो तुम, भार!"

रात, कोयले–सी काली और कड़ाके की सर्दी (हीटर भी बिगड़ गया), मैं फटे–पुराने दीवान पर सो गया और लेनिन को अपने स्वप्न में

देखा। वे कुर्सी पर बैठे थे व दीपक का प्रकाश उनकी मेज़ पर पड़ रहा था और उन्होंने मुझे देखा। मैं उनके ठीक सामने कुर्सी पर बैठ गया। मैं आधा कोट पहने हुआ था। बुल्वार्ड पर तारों के विषय में, विवाह की मोमबत्ती और अध्यक्ष के विषय में बता रहा था।

"मैं भार नहीं हूँ, नहीं, मैं कोई भार नहीं हूँ, व्लादिमीर ईलिच।"

और मेरी आँखों से अश्रुओं की धारा बह चली ।

"ठीक है... ठीक है... ठीक है..." लेनिन ने उत्तर दिया।

फिर उन्होंने फ़ोन किया।

उन्होंने फ़ोन पर कहा कि उसे अपने मित्र के साथ रहने का आदेश लिखित में दिया जाए। उसे वहीं कमरे में सदा के लिये बैठने दिया जाए व वहाँ तारों के विषय में कविताएँ और इसी प्रकार की व्यर्थ बातें लिखने दी जाएँ। और इस मेमने की टोपी पहने गधे को मेरे पास भेजो। मैं दिखाऊँगा संयुक्त निवास।

अध्यक्ष को लाया गया। मोटा अध्यक्ष रोने लगा और बुदबुदाया, "मैं ऐसा दोबारा नहीं करूँगा।"

सुबह की सभा में प्रत्येक व्यक्ति हँस रहा था मेरे द्वारा लिखे गए उस पत्र को देखकर जो मैंने रात को मोमबत्ती के प्रकाश में लिखा।

"तुम उनसे नहीं मिलोगे, मेरे प्रिय," प्रबंधक ने मुझसे सहानुभूतिपूर्वक कहा।

"ठीक है, तो मैं नाद्येज़्दा कन्स्तान्तीनव्ना से मिलता हूँ," मैंने निराश होते हुए उत्तर दिया, "वैसे भी अब मेरे लिए सब कुछ एक जैसा है। मैं प्रीचीस्त्येन्की मार्ग नहीं जाऊँगा।"

और मैं नाद्येज़्दा कन्स्तान्तीनव्ना से मिलने पहुँच गया।

दोपहर तीन बजे मैंने कार्यालय में प्रवेश किया। मेज़ पर एक टेलीफ़ोन सेट रखा था। नाद्येज़्दा कन्स्तान्तीनव्ना, चमड़े का घिसा–पिटा कोट पहने हुए, मेज़ के पीछे से बाहर निकल कर आईं और मेरे फ़र कोट को देखा।

"आप क्या चाहते हैं?" उन्होंने मेरे हाथों में पत्र देखकर पूछा, जिसकी उन्हें जानकारी थी।

"मुझे संसार में कुछ नहीं चाहिए, सिवाय एक वस्तु के–संयुक्त निवास में रहना। वे मुझे बाहर निकालना चाहते हैं। मुझे पीपल्स कमिसर्स काऊंसिल के अध्यक्ष के अतिरिक्त किसी से कोई आशा नहीं है। मैं आपसे आग्रहपूर्वक अनुरोध करता हूँ कि आप, मेरा यह पत्र उन तक पहुँचा दें।"

और मैंने उन्हें अपना पत्र सौंप दिया। उन्होंने मेरा पत्र पढ़ा।

"नहीं," उन्होंने कहा, "क्या मुझे पीपल्स कमिसर्स काऊंसिल के अध्यक्ष को ऐसी बात प्रस्तुत करनी चाहिए?"

"फिर मैं और क्या करूँ?" मैंने पूछा और हताशा में अपनी टोपी नीचे छोड़ दी।

नाद्येज़्दा कन्स्तान्तीनव्ना ने मेरा पत्र लिया और पत्र के एक ओर लाल स्याही से लिखा, "कृपया करके संयुक्त निवास में रहने देने का आदेश दें।"

और हस्ताक्षरित: "ऊल्यानोव"।

सबसे महत्वपूर्ण बात यह है कि मैं नाद्येज़्दा कन्स्तान्तीनव्ना को धन्यवाद देना भूल गया।

भूल गया, अर्थात् भूल गया।

टेढ़ी–मेढ़ी टोपी पहनी और बाहर चला आया।

भूल गया।

दोपहर चार बजे मैंने सिगरेट के धुएँ से भरे गृह–प्रबंधन कार्यालय में प्रवेश किया। सभी कार्यालय में उपस्थित थे।

"कैसे?" सब एक साथ चिल्ला पड़े। "तुम अभी तक यहीं पड़े हो?"

"चले जाओ यहाँ से।"

"एक भार के समान?" मैंने क्रोधित हो कर पूछा, "एक भार के समान? हाँ?"

मैंने वह पत्र निकाला, उसे मेज़ पर रख दिया और अपनी उँगली से उन प्यारे शब्दों को इंगित करते हुए दिखाया।

मेमनों की सारी टोपियाँ पत्र के ऊपर झुक गईं, और अगले ही क्षण उन सबको पक्षाघात हो गया। दीवार पर लटकी घड़ी को

देखकर मैं आपको बता सकता हूँ कि यह कितने समय तक चला। पूरे तीन मिनट!

उसके तुरंत बाद ही अध्यक्ष जीवित हो गया और उसने मुझे हताश आँखों से देखा।

"ऊल्या?" उसने कर्कश स्वर में कहा।

घड़ी की टिक–टिक फिर ख़ामोशी में सुनाई दे रही थी।

"ईवान ईवानिच," मेमने की टोपी पहने अध्यक्ष ने धीमी आवाज़ में कहा, "उन्हें लिखें, मित्र, संयुक्त निवास के लिए आदेश जारी करें।"

मित्र ईवान ईवानिच ने पुस्तक ली और अपनी कलम को खुरचते हुए, मृत मौन में आदेश लिखना आरम्भ किया।

मैं उसी कमरे में रह रहा हूँ। सभी एक ही कमरे में उसी धूम्रवर्ण व दरार भरी छत के नीचे। मेरे पास पुस्तकें हैं, और मेज पर जलते लैम्प के प्रकाश से एक गोलाकार चक्र बन रह था। 22 जनवरी को वह लाल प्रकाश से भर गया, और उसी क्षण प्रकाश में तुरंत मेरे सामने नींद में एक चेहरा सामने आया – एक चेहरा निचड़ी दाढ़ी वाला और माथे पर स्पष्ट उभार के साथ, और उनके पीछे – पीड़ा व निराशा भरे भूरे बालों में, फटे फ़र वाली जैकेट और लाल स्याही से लिखा एक शब्द – ऊल्यानोव।

सबसे महत्वपूर्ण बात है, मैं तब आपको धन्यवाद देना भूल गया था।

यह लज्जाजनक है...

धन्यवाद, नाद्येज़्दा कन्स्तान्तीनव्ना।

20

श्वेत जल के किनारे

सेर्गेई येसेनिन

1

ग्रीष्मकाल का शांत, शुष्क और स्वच्छ मौसम था। नीला आकाश आज कुछ दूधिये रंग में रंगा था, और झील, मानो आकाश को निहारते–निहारते, स्वयं भी श्वेत रंग में रंग गई थीं। केवल किनारे पर बहते जल में शाखा व कर्न्येई बुदार्का के घर का प्रतिबिम्ब झूल रहा था। कभी–कभी हवा रेत पर धूल का एक पूरा बादल–सा उठाती, उसे पानी से भिगो देती और साथ ही कर्न्येई बुदार्का का घर भी भिगो जाती, और फिर, जब वह शांत हो जाती, तो काले पत्थर रेत से बाहर निकलकर, भुरभुरी भूमि पर एकत्रित हो जाते; परन्तु उनपर कोई छाया नहीं पड़ती।

कर्न्येई बुदार्का नदी के बहाव के साथ मछली पकड़ता था, व उसकी पत्नी पलागा दिन–प्रतिदिन बरामदे में बैठी या तो 'उस ओर' देखा करती, जहाँ काले पत्थर रेत से बाहर निकलकर भुरभुरी भूमि पर एकत्रित हो जाते थे, या फिर 'उज्ज्वल' आकाश की ओर।

खिड़की के नीचे असहाय शाखा रूई के फ़ाहे के समान लटक रही थी; पानी शांति से झील के तट को गले लगा रहा था, और न तो पानी की गर्मी से, ना ही इस बात से कि उसे अपने सारे शरीर से दूध

छलकता प्रतीत हो रहा था, पलागा अपने पति के विषय में सोच रही थी। वह सोच रही थी अच्छे समय के विषय में जो उसने अपने पति के साथ बिताया, जब दोनों ने एक साथ दुबक कर घास के मैदान में रात बिताई; वह सोच रही थी पति की नीली आँखों के विषय में, और सामान्यतः उस प्रत्येक बात के विषय में, जो उसके मन को चिंतित करती थी।

सर्दियों की ठंड तक मछुआरे सेंट पीटर्स के दिन से नदी में तैरने जाते थे। पलागा उन दिनों की गिनती कर रही थी जब कर्न्येई को वापस आना था। सेंट माग्दालीना से प्रार्थना की कि शीत ऋतु शीघ्र ही आ जाए, और प्रत्येक बीतते हुए दिन के साथ उसका रक्त अधिक से अधिक उबलने लगा। उसके होंठ गहरे लाल थे, उसे प्रतीत हुआ कि उसका सिर चकरा रहा है, उसके पाँव काँप रहे हैं व उसके गाल अब भी जल रहे हैं।

पलागा को कर्न्येई से प्रेम था। वह उसके स्वस्थ शरीर से प्रेम करती थी, जिन भुजाओं से वह चापों को मोड़ता था, और विशेष रूप से उसे कर्न्येई के होंठ प्रिय थे।

अतीत से निकलते हुए, पलागा मानसिक रूप से कर्न्येई के साथ इतनी एकात्म हो गई थी कि वह उसकी गर्म साँसें, व होंठों की नमी का भी अनुभव कर सकती थी, और उसका शरीर और भी अधिक दुखने लगा। और संभवतः वह अपने आपको एक अपराधी अनुभव कर रही थी। उसे याद आया कि कैसे उसने कर्न्येई की शपथ ली थी कि भले ही वह इसे तोड़ दे, एक बार गाँठ पड़ गई तो भी उसे निभाना ही होगा, और फिर भी इसे अपने अंदर छुपाते हुए, वह इस बंधन के लिए इधर–उधर छटपटाती रही, और कोई उपाय ढूँढने का प्रयास करती रही।

अपने सिर को घुटनों तक झुकाते हुए, वह देख रही थी कि कैसे ऊँचे पहाड़ के पीछे सूर्यास्त हो रहा था। पूर्ण रूप से अंधेरा हो गया। सूर्य फिर दूधिया पानी में एक रेतीले टापू पर मानो फिसल गया हो। जलाऊ लकड़ी से भरी एक छोटी नाव खड़ी हुई थी। एक व्यक्ति नाव में बैठा था। वह नाव से झुकते हुए बाहर निकला और रेत पर रेंगने लगा।

पलागा ने एक निर्णय लिया जो उसकी समझ से बाहर था। उसने नाव से बंधन खोल दिया। उसके हाथ काँप रहे थे और उसके पैर जवाब दे रहे थे, परंतु वह फिर भी टापू के लिए चल पड़ी। उसने अपना चप्पू घुमाया और लगभग तीन बार टापू का चक्कर लगाया। किनारे पर खड़े होकर उसने देखा कि एक व्यक्ति रेत पर शंख एकत्रित कर रहा है। उसने उसे देखा और पहली बार की तरह इस बार भी काँपने लगी।

जब वह व्यक्ति पीछे मुड़ा और अपनी मछली के आकार की शांत आँखों से देखकर दुर्भावना से फुसफुसाया। पलागा पूर्ण रूप से शक्तिहीन हो गई व कुछ पग पीछे हट गई। उसका उत्साह, जैसा कि उसे लग रहा था, नाव की तह तक, जीवन के निचले स्तर तक गिर गया हो। "मुझे लज्जित करने के लिए धिक्कार है!" वह फुसफुसाई। और, क्रॉस का चिह्न बनाते हुए, उसने नाव को वापस मोड़ लिया और अपनी पोशाक उतारे बिना, तट पर पानी में कूद गई।

यह ईलिन के दिन की पूर्व संध्या थी। घर में प्रवेश करते ही उसकी पोशाक से पानी टपकने लगा और उसके होंठ नीले पड़ गए। गीले हाथों से उसने पूजा घर से माचिस निकाली, दीपक प्रज्वलित किया और घुटनों के बल गिरकर प्रार्थना करने लगी। परंतु रात में, जब वह अपनी गीली कमीज़ में ही बिस्तर पर लेट गई, उसे अपना शरीर फिर से गर्म प्रतीत हुआ, और उसे फिर से अपने घुटनों के नीचे पीड़ा का अनुभव हुआ। वह उठी, नदी की ओर दौड़ी, अपने गर्म सिर को पानी में डुबोया व स्वयं को भुलाने के लिए हवा का शोर सुनने लगी। भ्रम है सब, उसने सोचा, प्रार्थना करनी होगी और उपवास भी करने की आवश्यकता है! हवा ने रेत की दिशा बदल दी, पानी में तरंगें उठ रही थीं, ठंडा भी अनुभव हुआ, और नदी की ओर देखते हुए पलागा फुसफुसाई, "हे प्रभु, शीघ्रातिशीघ्र ही शीत ऋतु भेजो!"

सुबह थोड़ा प्रकाश होते ही वह दोपहर के भोजन के लिए गाँव की ओर चल पड़ी। गाँव श्वेत जल से छह मील दूर था, खेत के बीच सड़क मुड़ गई थी, और भोर में चलना अभी भी सुविधाजनक व सुखद था।

उसके पाँव थके हुए थे, इसलिए उसने अपने जूते उतारकर उन्हें एक रिबन से बाँधकर अपने कंधे पर लटका लिये। वह जानबूझकर चमचमाती ओस पर टहल रही थी जिससे उसके शरीर को पीड़ा देने वाली अग्नि शांत हो जाए। गिरिजाघर में भी, उसने केवल एक ही वस्तु के लिए प्रार्थना की, कि शीत ऋतु शीघ्र ही आ जाए, और, विशेष पगड़ी से ढकी मिस्र की मैरी की प्रतिमा को देखते हुए, उसने अपनी वासना पर नियंत्रण पाने के लिए शक्ति प्रदान करने की याचना की, परंतु उसके प्रार्थनापूर्ण चिन्तन में उसके जलते हुए प्रेम की यादों में हस्तक्षेप किया। उसने स्वयं की इस दुर्बलता को समझ लिया व अपने घुटनों पर गिरकर पत्थर के फ़र्श पर अपना माथा तब तक पटक–पटक कर मारती रही जब तक कि उसे पीड़ा का अनुभव नहीं हुआ।

2

लौटते हुए, सारे मार्ग में उसके लिए चलना और भी कठिन हो गया। उसकी व्याकुल देह से पसीना टपक रहा था, उसकी कमीज़ उसके शरीर से चिपक गई थी, व उसकी आँखें धुँधली हो गईं और कुछ भी देखने में असमर्थ थीं।

बाईपास के जंक्शन पर वह कैसे पहुँची, उसे कुछ याद नहीं था, परंतु तभी वह जाग गई जब एक सहयात्री ने उसे पुकारा और उसे कंधे से पकड़ लिया।

"ओ, लड़की, तुम थोड़ा इधर–उधर छटपटा रही हो क्या, हैं?" उसने धूर्तता से उसकी ओर देखते हुए पूछा, और कहा, "चलो, कहीं, कुछ देर मिल–बैठ कर थोड़ा आराम कर लें?"

पलागा ने उसकी बातें अनसुनी कर दीं, पर उसके साथ चलना उसे सुखद लगा। उसने उसकी आँखों में प्रसन्नता से झाँका व मुस्कुरा दी। उसका चेहरा युवा था, धूल–मिट्टी में लिपटा हुआ, उसकी आँखें आवेग और साहस से तप रही थीं। आप सोचते होंगे कि संभवतः उसने

कभी किसी भी महिला को छुआ तक नहीं है, या माना जा सकता है कि उसने किसी भी महिला को पास नहीं फटकने दिया।

"मैं जानता हूँ कि तुम किसकी हो," उसने उसके चेहरे को ध्यान से घूरते हुए कहा, "तुम कर्न्येई बुदार्का की पत्नी हो, सब जानते हैं ... यह सच है ... मुझे याद है कि मैं तुम्हारे विवाह से तुम्हें ढूँढ रहा हूँ। तुम सुन्दर हो, मैं तुम्हें भुला नहीं सकता हूँ। आह! कितना आकर्षक चेहरा है।"

पलागा ने सिर से पैर तक उसे संदेहपूर्ण दृष्टि से देखा और कहा, "तुम्हें अब विवाह करने में विलंब नहीं करना चाहिए। तुम यह क्या मार्ग में चलते हुए यात्रियों को पकड़कर ढूँढ रहे हो? इसके लिए तुम्हें जेल में डाल सकते हैं।"

युवक अपमान का अनुभव करते हुए रुका व क्रोधित होकर बोला, "हर ग़लत व्यक्ति से अपनी आँखें बचाकर तुम अपने आपको बहुत मूल्यवान मानती हो?"

पलागा पीछे मुड़ी और ठहाका लगाते हुए हँसी, "क्या तुम वास्तव में सोचते हो कि मैं तुमसे भयभीत हूँ?" ऐसा कहते हुए उसने सीने में एक बार फिर विचित्र–सी चुभन का अनुभव किया, आँखें धुँधली हो गईं। वह भूल गई कि वह गिरिजाघर क्यों गई थी? रात में वह क्यों पानी में अपना सिर डुबोने के लिए कूद गई थी? जब युवक ने उसका हाथ पकड़ा, तो उसने अपना हाथ छुड़ाया नहीं, अपितु उससे और कसकर लिपट गई और सिर झुकाए विवेकहीन के समान चलने लगी। सिर से रूमाल फिसल गया।

"और अवश्य ही पति के बिना जीना बुरा लगता होगा," युवक ने कहा, "मैं, कहो तो, तुम्हारे पास आ जाऊँ?"

"आओ!" पलागा ने कहा।

सूर्य अस्ताचल की ओर बढ़ चला था; झाड़ियों की छाया बड़ी होने लगी थी, परंतु हवा अभी भी गर्म थी, व राई की सुगंध आ रही थी।

पलागा घुटने टेककर बैठ गयी। वह भूमि में धँस गई और गिरने से बचने के लिए झाड़ी का आश्रय लिया। युवक रेंगते हुए उसके समीप आ गया और अपनी बाँह उसके कंधों पर रख दी।

आज पलागा की आत्मा कुछ भी भयानक अनुभव नहीं कर रही थी, और कोई पीड़ा नहीं थी कि उसके जीवन में कुछ टूटने वाला है; वह घास पर लेट गई और अपनी आँखें मूँद ली। उसे युवक के मुँह से तंबाकू की गंध आ रही थी, और जब उसने उसके कठोर हाथों का आभास किया, तो वह उठी और युवक को एक ओर धकेल दिया।

"आपको ऐसा कुछ करने की आवश्यकता नहीं है," उसने हाँफ़ते हुए कहा, और अपना सिर वापस घास पर टिका लिया। "कोई आवश्यकता नहीं, मैं तुम्हें कहती हूँ!"

जब उसने युवक के मुख पर मुक्का मारा, तो वह आश्चर्यचकित रह गया, और इसका लाभ उठाते हुए, वह चटाई उठाकर अपने घर की ओर भागी। युवक पीछे हट गया। मोड़ पर, पलागा ने केवल उसकी टोपी की एक झलक–सी देखी। वह नीचे झुक गई व शीघ्रता से खेत में कूद गई। वह भूमि पर लेट गई और आवाज़ न करने का प्रयास किया।

भोर हो चुकी थी; दिनभर के पश्चात् अब आकाश श्वेत से गहरे नीले रंग में रंग चुका था, पर वह अभी भी बैठी थी और उसकी उठने की इच्छा नहीं हो रही थी।

जब रात पूर्ण रूप से नीली हो गई, तो उसने बहुत सँभलकर अपना सिर उठाया और पगडण्डी की ओर देखा। धुँध छाई हुई थी। उसकी ताज़गी में ताज़े दूध की महक आ रही थी। वह जाने से भयभीत हो रही थी। ऐसा प्रतीत हो रहा था कि युवक सड़क किनारे खेत में कहीं छुपा हुआ उसकी प्रतीक्षा कर रहा है।

आकाश चमक उठा। सूर्योदय से आने वाली हवा बादलों तक बढ़ गई और चमकते तारों के अंतिम प्रकाश को पवन साथ उड़ा ले गई; खेत के ऊपर भोर की एक धारी चमकी, कहीं पहियों के चरमराने की आवाज़ आई। भय से जागकर, पलागा मार्ग पर चल पड़ी और पहियों के चरमराने की आवाज़ की ओर बढ़ गयी।

घोड़ागाड़ी तक पहुँचने के बाद, उसने गाड़ीवान से सहायता माँगी कि उसे श्वेत जल तक छोड़ दे। घोड़ागाड़ी की आगे की गद्दी पर बैठी महिला ने घोड़े को रोका और अपना सिर हिलाया, "तुम कैसे भयभीत नहीं

हो सकतीं? भगवान ही जानता है कि तुम कहाँ जा रही हो... खेत पर अभी भी बहुत सारे लोग घूम रहे हैं। अच्छा होगा कि तुम प्रतीक्षा करो।"

"मैं प्रतीक्षा कर रही थी," पलागा ने शांति से उत्तर दिया, "मैं कल रात से ही यहाँ हूँ। मैं खेत में बैठकर, खाना खाने के लिए किसी की प्रतीक्षा कर रही थी..."

"हाँ, हाँ, प्रतीक्षा कर रही थी।"

जब महिला श्वेत जल के पास ढलान पर उतरने के लिए बाईं ओर मुड़ी, तो पलागा उतर गई, उसे धन्यवाद किया व घर की ओर चल दी। जूते ओस से भीग चुके थे, उसके पैर की उँगलियाँ ठंडी थीं, परंतु उसने इसपर ध्यान नहीं दिया। वह यह जानकर प्रसन्न थी कि उसने अंततः पाप को पराजित कर दिया।

अचानक वह पूर्ण रूप से ठंडी पड़ गई। वह लड़का उसके घर के आँगन में बैठा था और उसे देखकर, वह शीघ्रता और चतुराई से पहाड़ पर चढ़ने लगा। जब तक वह सचेत हुई, वह पहले ही उसके पास पहुँच गया व उसकी बाँह पकड़ ली।

"तुम," उसने अपने दाँत पीसते हुए कहा, "पहले किसी को छेड़ो और फिर उसे दबा दो। तुम पहले मुझे छेड़ोगी और फिर धक्का दे दोगी? अब मैं तुम्हें जाने नहीं दूँगा, तुम चिल्लाओ या ना चिल्लाओ, मेरी हो।"

पलागा वहाँ फटी आँखों से खड़ी थी; जो तृष्णा उसे पहले भी व्याकुल कर रही थी, वह उसके हृदय में फिर हिलोरे लेने लगी और यह अचानक उसकी सारी नसों में प्रवाहित हो गई। उसने युवक पर एक दृष्टि डालते हुए अनुभव किया, कि वह उससे भाग नहीं रही थी, उससे खेत में नहीं छुप रही थी। उसने युवक को दूर धकेल दिया व अपना हाथ छुड़ाकर असहाय–सी भूमि पर गिर गई। युवक भी उसके घुटनों पर गिर गया; पलागा ने अपना होंठ कसकर काट लिया, और उसकी ठोड़ी पर रक्त की लाल धार बह गई।

"तुम कब तक मेरे साथ खिलवाड़ करती रहोगी, हुं...कब तक?" युवक चिल्लाया, और फिर उसने अपना हाथ घुमा कर पलागा के मुँह

पर एक मुक्का जड़ दिया। मुक्के की पीड़ा ने उसे उस भय से मुक्त कर दिया जो उसे सता रहा था। जो वार उसपर बरस पड़े, उन्हें अपने सीने और सिर पर सहन करने लगी। उसकी कनपटी पर चिकोटी काटी गई और वह धीरे से कराह उठी।

उसके सूजे हुए, चोटिल चेहरे ने युवक को भयभीत कर दिया, और उसके पेट पर लात मारते हुए, उसने अपनी टोपी उठाई, अपने माथे से बहते पसीने को पोंछा और सड़क से नीचे मैदान की ओर चला गया।

सूर्य पानी से बहुत ऊपर उठ चुका था। जिस रेत पर वह लेटी थी, वह गर्म हो गई थी। उसके सिर में गर्मी से और भी अधिक पीड़ा हो रही थी, उसके होंठ जल रहे थे।

उसने जैसे–तैसे स्वयं को अपनी कोहनियों पर उठा लिया और पानी की ओर घिसटती हुई पहुँच गई। उसके हाथ पत्थरों से खुरचने लगे और उसकी कमीज़ फट गई। उसने अपना मुँह पानी में डुबोया, अपनी त्वचा पर लगे रक्त को धोया, थोड़ा पानी पिया और डगमगाते हुए घर चली गई। आँगन में सिगरेट के टुकड़े, माचिस और एक थैली गिरी पड़ी थी। सबसे ऊपर की सीढ़ी पर चढ़कर, वह निष्प्राण, थकी–हारी एक आह लेकर वहीं बैठ गई।

3

ठंड से पानी नीला हो गया। कन्र्येई के घर के पास वृक्ष की शाखा झुक गई और उसके पीले पत्ते श्वेत जल में झड़कर गिरने लगे। आकाश में बादल छाए हुए थे; नदी भी अब गर्मियों के समान निःशब्द नहीं बह रही थी, अपितु वह उफ़ान पर थी व उसमें झाग उठ रहे थे; पलागा दिन–प्रतिदिन अपने पति की प्रतीक्षा कर रही थी और अंततः वह एक दिन लौट आया।

उस दिन पानी पर धुँध छाई हुई थी। जब कन्र्येई अपनी नाव को तट के पास ले जा रहा था, पलागा उसे खिड़की से देख नहीं पाई; पर उसे इतना पता था कि उसका पति आ गया है, जब कुत्ता भौंकने

लगा और फिर प्रसन्नता से झूम उठा। पलागा का हृदय स्पंदन बंद हो गया। उसके पैर लड़खड़ा गए और हाँफते हुए पलागा अपने पति से मिलने के लिए दौड़ पड़ी।

जैसे ही उसने कर्न्येई को देखा उसने हाथ छोड़ दिए। कर्न्येई केवल कंकाल–मात्र ही रह गया था; उसके वृद्ध चेहरे पर केवल एक लंबी नाक चिपकी हुई थी, उसके कपोल अन्दर धँस गए थे, उसकी छाती उसके कंधों में धँसी हुई थी।

"यह क्या हुआ है तुम्हें?" वह अचम्भे–से चिल्लाई और एक भयानक पूर्वाभास के साथ वह हतप्रभ–सी खड़ी रह गईं।

"कुछ भी तो नहीं है," वह पीड़ा से मुस्कुराया, "केवल थोड़ा बीमार हो गया था, इसलिए मैं बिल्कुल थक गया हूँ!" उसके शब्दों में एक छुपी हुई उदासी थी।

वे घर में चले गए। वह अपनी टोपी उतारे बिना बिस्तर पर लेट गया और आँखें मूँद लीं। पलागा भी आकर कर्न्येई की बग़ल में लेट गई। उसका हृदय स्पंदित हो रहा था। कर्न्येई से लिपटते हुए, उसे अनुभव हुआ कि उसका यह प्रयास बहुत ग़लत है, परंतु वह स्वयं को रोक नहीं पाई।

उसकी थरथराहट को अनुभव करते हुए, कर्न्येई उठ खड़ा हुआ व कड़वी मुस्कान चेहरे पर लिए उसने सिर हिलाया और कहा, "मुझमें और शक्ति नहीं है, पलागा, मैं बीमार हूँ, तुम देख तो रही हो" और, उसके लाल गालों को देखते हुए, उसने उसके कंधों और बिखरे बालों को सहलाया।

उसके बाद वह अपने बिस्तर से नहीं उठा। उसकी आँखें अन्दर धँस गईं, उसके होठों पर दो धनुषाकार झुर्रियाँ दिखाई दे रही थीं और उसकी त्वचा पीली पड़ गयी। पलागा का भी पहले वाला रूप ढलने लगा था।

"मैंने तुम्हें तंग कर मारा है," अपना सिर बिस्तर से लटकाते हुए कर्न्येई ने कहा, "तुम इतनी मुरझा गई हो कि तुम्हारे चेहरे की चमक चली गयी है।"

पलागा ने उत्तर में उससे कुछ नहीं कहा, पर, हाँ उसे ऐसा सुनना अच्छा नहीं लगा। वह निराश हुई कि वह ऐसा भी कह सकता है। उस प्रेम के लिए जो उसने उसके लिए सहेज कर रखा, वह और भी बहुत कुछ सहन कर सकती थी अपने पति के लिए ...

कर्न्येई अपरिचित नहीं था इस बात से कि उसकी पत्नी का रंग पीला क्यों पड़ गया है, उसके होंठ श्वेत क्यों हो गए हैं, और वह अक्षम्य व असहज अनुभव कर रहा था।

जब नदी ने बाहरी क्षेत्र को बर्फ़ के एक खंड से आच्छादित करना आरंभ किया व नावों को किनारे पर लगाने का समय आया, तो पलागा ने यह कार्य करने के लिए गाँव के एक अधिकारी के बेटे युश्का को काम पर रख लिया। गर्मी के दिनों में बिगड़ चुकी छत को ठीक करने का समय आ गया था और युश्का ने उसकी मरम्मत करना आरम्भ कर दिया।

उसे डोरी देते हुए, पलागा ने अनजाने में उसके हाथों को छू लिया; उसके हाथ काम से गर्म थे, वे सुखद रूप से जल रहे थे और पलागा एक बार फिर चिंतित हो उठी। वह अक्सर उस बिस्तर के पास बैठती थी जहाँ कर्न्येई लेटा था, और पलागा का दिल बार–बार डूब जाता था जब भी युश्का, अनजाने में वहाँ से निकलते हुए उसके कंधों को अपने हाथ से छू लेता।

एक बार की बात है। रात्रि का प्रहर था। कर्न्येई अपनी नाव के विषय में पलागा को बता रहा था। तभी वह बड़ी कुशलता से उस पलंग से उतरकर, जिसपर वह लेटी थी, रेंगते हुए फ़र्श पर कोने में युश्का के निकट पहुँच गई।

खिड़की के बाहर हवा निनाद करती हुई बह रही थी। भय से पलागा काँप रही थी। युश्का सो रहा था; उसका सीना साँस लेते हुए नीचे व ऊपर उठ रहा था, और उसका कोमल व युवा, अभी भी बच्चों–सा भोला, निरपराध चेहरा ताज़ा फूटे हुए पुदीने–सा महक रहा था। वह उसके बिस्तर के पास पहुँची और कंबल को खींच लिया। ऐसा करने से वह जाग गया और अपनी दूसरी करवट पर सो गया।

उसकी कनपटी फड़क रही थीं। अंधेरे में उसने युश्का के उघड़े कंधों को देखा। वह सावधानी से बिस्तर पर चढ़ गई। युश्का जाग गया। पहले तो उसके चेहरे पर आश्चर्य के भाव थे, परंतु वह समझ गया, उछल पड़ा और फिर बेल के समान उसके चारों ओर लिपट गया।

पलागा अब अचेत थी, वह काँप रही थी मानो ज्वर से तप रही हो।

जब वह वापस आकर बेंच पर लेट गई, तो उसे ऐसा प्रतीत हुआ कि कुछ मिनट पहले जो भी घटित हुआ था, वह बहुत समय पहले हुआ था, और इसके लिए पहले से ही बहुत समय था, और वह करुणा से अभिभूत थी। उसे प्रतीत हो रहा था कि उसने कुछ खो दिया है। एक धुँधली स्मृति ने उसे झकझोर दिया व वह उठने पर विवश हो गई। उसने दीपक जलाया और मेज़ के नीचे, चूल्हे के ऊपर, कभी चूल्हे के नीचे गिड़गिड़ाने लगी, परंतु प्रत्येक स्थान पर अब शून्यता थी।

यह मेरी आत्मा की रिक्तता है, उसने ऐसा सोचा और वह ठंडी पड़कर दीपक सहित फ़र्श पर गिर गई।

भोर होने तक वह खिड़की पर बैठी रही और पानी पर पहले से ही जमी बर्फ़ के बहाव को देखती रही। परंतु जैसे ही वह अपनी चेतना में लौटने लगी, उसका दिल भर आया। उसे याद आया कि कन्र्येई के साथ उसके जीवन का अन्त हो चुका है, कि उनके सुखों में अब एक गाँठ पड़ चुकी थी, और गहरी नींद में सोए युश्का को देखकर वह अपने नाख़ूनों को उसके गले में चुभोना चाहती थी और उसका गला घोंट देना चाहती थी।

युश्का का चेहरा एक अप्रत्यक्ष, पर समझने योग्य पीलेपन से लिप्त था, और, उसे देखते हुए, वह समझने लगी कि जो वस्तु उसे युश्का से दूर कर रही है, वह युश्का में नहीं थी, अपितु उसके स्वयं के भीतर थी, कि यह वह नहीं था जिसके कारण वह गला घोंट देना चाहती थी, अपितु प्रलोभन, जो उसकी अपनी आत्मा में था। कई बार वह सोए हुए कन्र्येई के पास गई, परंतु उसकी शांत बंद आँखों को देखकर वह काँप उठती और अपने सिर के पीछे हाथ रखकर घर के चारों ओर घूमने लगती।

जैसे ही भोर खिड़की से झाँक रही थी, पलागा आने वाले दिन से भयभीत हो गई। जब तक अंधियारा था, जब तक किसी ने उसका चेहरा व पीले गाल नहीं देखे थे, वह चैन का अनुभव कर रही थी; और अचानक वह घर छोड़ देना चाहती थी। जहाँ भी उसकी दृष्टि उसे ले जाएगी, वह वहीं जाना चाहती थी। केवल किसी प्रकार अपनी उस चेतना को मार देना चाहती थी जो उसे निरंतर पीड़ा दे रही थी।

द्वार खोलकर, पलागा बाहर आँगन में आई व बहती नदी को देखने लगी। वह स्थान, जहाँ उसने रक्त से लथपथ अपना मुँह व हाथ धोए थे, वह स्थान अब बर्फ़ की चादर में लिपटा था। उसे याद हो आया कि तब वह कितनी प्रसन्न थी जब उसने मुक्कों के प्रहार को अपने सीने व चेहरे पर सहन किया था, और अपनी बग़ल में खड़ी श्वानी(कुतिया) के गले लगकर, वह सिसकने लगी।

श्वानी पहले तो भ्रमित हुई, फिर वह अपनी पूँछ हिलाने लगी। पर जब पलागा ने उसको अपनी बाँहों में भरा, तो उसके दुःख को महसूस कर श्वानी भी दुःखी होकर विलाप करने लगी।

मिख़ाईल बुल्गाकव
1891–1940

मिख़ाईल बुल्गाकव का जन्म 3 मई 1891 को कीव में हुआ था। बुल्गाकव अपने माता–पिता के सबसे बड़े बेटे थे। उनके छः अन्य बहन–भाई थे। उनके पिता, अफानासी बुल्गाकव, कीव थियोलॉजिकल अकादमी में प्रोफ़ेसर थे। 1909 में उन्होंने कीव हाई स्कूल से स्नातक की डिग्री प्राप्त की और कीव विश्वविद्यालय के चिकित्सा विभाग में प्रवेश लिया। बुल्गाकव ने सात वर्षों तक विश्वविद्यालय में अध्ययन किया। वे ग्रीक, जर्मन, फ्रेंच, अंग्रेज़ी भाषाएँ धाराप्रवाह बोलते थे तथा पुरानी स्लावॉनिक भाषा पढ़ सकते थे। मिख़ाईल बुल्गाकव अपनी माँ को 'दिव्य महारानी' कहकर बुलाते थे। उनकी माँ द्वारा ही बच्चों की शिक्षा की देखरेख की गई थी। बुल्गाकव ने अलिक्ज़ान्दर पुश्किन और लियो तॉल्स्तॉय के कार्यों, फेनीमोर कूपर के साहसिक उपन्यासों और मिख़ाईल साल्तिकोव–श्येद्रिन की परी–कथाओं को बहुत पढ़ा था। निकोलाई गोगल उनके प्रिय लेखक थे। उन्होंने शीघ्र ही नगर के निवासियों

के विषय में लघु कथाएँ लिखनी आरम्भ कर दी थीं। 1923 में वे लेखकों के अखिल रूसी संघ में सम्मिलित हो गए। 1925 में, उपन्यास *'द व्हाइट गार्ड'* का पहला और दूसरा भाग, सामाजिक और साहित्यिक मासिक पत्रिका 'रोसिया' में प्रकाशित हुआ था, तीसरा भाग पत्रिका के बंद होने के कारण कभी प्रकाशित नहीं हो पाया। फरवरी में, पंचांग 'न्येद्रा' के लिए *'फेटल एग्स'* का प्रकाशन किया गया और जुलाई में उनका कहानी संग्रह *'डायबोलियाड'* प्रकाशित हुआ।

मॉस्को आर्ट थिएटर में गोगल की *'डेड सोल्स'* का मंचन 1930 के दशक के प्रारंभ में किया गया। मार्च 1930 में, बुल्गाकव ने स्तालिन और सोवियत सरकार को एक पत्र लिखा, जिसमें उन्होंने अनुमति माँगी कि उन्हें या तो यूएसएसआर छोड़ने या थिएटर में आजीविका कमाने का अवसर दिया जाए। एक माह बाद, स्तालिन ने बुल्गाकव को बुलाया और उन्हें काम करने की अनुमति दी, जिसके बाद लेखक ने मॉस्को आर्ट थिएटर में सहायक निदेशक का पद प्राप्त किया। परन्तु लेखक की रचनाएँ अब तक भी प्रकाशित नहीं हुई थीं। 1936 में, बुल्गाकव ने बाल्शोई थिएटर के लिए एक संगीतनाट्य का अनुवाद और लेखन करके पैसा कमाया, और मॉस्को आर्ट थिएटर के लिए भी इसका मंचन हुआ। कहानी और उपन्यास – द *एडवेंचर्स ऑफ चिचिकोव,* द *व्हाइट गार्ड, क्रिमसन आइलैंड, फेटल एग्स, हार्ट ऑफ़ ए डॉग, टू ए सीक्रेट फ्रेंड, नोट्स ऑफ ए डेड मैन,* द *मास्टर एंड मार्गरिटा* के अलावा बुल्गाकव ने ढेर सारे नाटक, संगीतनाट्य व पटकथाओं का लेखन एवं निर्देशन किया और अनगिनत कहानियों की रचना की। 10 मार्च 1940 को जीवन के 49वें वर्ष में, बुल्गाकव की मृत्यु हो गई।

यूरी बोन्दारेव
1924–2020

सोवियत व रूसी लेखक, यूरी बोन्दारेव का जन्म 15 मार्च 1924 को ओरेनबर्ग प्रांत के ओर्स्क शहर में प्रथम विश्वयुद्ध में एक प्रतिभागी, लोक जाँचकर्ता, वकील और प्रशासनिक कर्मचारी के परिवार में हुआ था। सन् 1931 में वे मॉस्को में बस गए। उन्होंने वहाँ हाई स्कूल तक शिक्षा ग्रहण की। प्रथम विश्वयुद्ध के दौरान उन्हें कजाकिस्तान भेज दिया गया। सैन्य स्कूल से स्नातक होने के बाद, उन्होंने स्तालिनग्राद मोर्चे पर पहली लड़ाई लड़ी, जिसमें वे घायल हो गए। उन्होंने टैंक रोधी तोप के कमांडर के रूप में युद्ध जारी रखा। 1945–1951 में उन्होंने गोर्की लिटरेरी इंस्टीट्यूट में अध्ययन किया।

बोन्दारेव उस दौर के लेखक थे, जो प्रथम विश्वयुद्ध से लौटने के बाद, स्वतंत्र आवाज़ उठाने का अधिकार रखते थे। लड़ाकू लेफ्टिनेंट यूरी बोन्दारेव एक ऐसे मोर्चे से आए थे जहाँ लेखकों की विचारधारा बिल्कुल अलग थी। वे किसी बात से डरते नहीं थे। वे जो जानते थे,

जो सोचते थे, वही सब लिखते थे। यूरी बोन्दारेव के गद्य का हिंदी, अंग्रेज़ी, जर्मन, जापानी और फ्रेंच सहित 70 भाषाओं में अनुवाद किया गया है। उनके साहित्यिक कार्यों व पटकथाओं पर फ़ीचर फ़िल्म बनाई गईं; "*द लास्ट सालवॉज़*" (1960), "*49 डेज़*" (1962), "*साइलेंस*" (1963), "*लिबरेशन*" (1968–1971), "*चॉइस*" (1987) व अन्य।

वास्तव में, बोन्दारेव ने 1945 में एक सैन्य स्कूल में पहले कविताएँ, फिर गद्य लिखना आरम्भ किया। आंद्रेई ग्रेचिखा की 2009 में बनाई गई वृत्तचित्र फिल्म "*मोमेंट्स ऑफ यूरी बोन्दारेव*" लेखक के जीवन और कार्य को समर्पित है। 29 मार्च 2020 को, जीवन के 97वें वर्ष में, विश्वप्रसिद्ध सोवियत और रूसी लेखक, पटकथा लेखक यूरी बोन्दारेव के निधन के साथ ही एक युग का अंत हो गया।

फ्योदर दस्तयेव्स्की
1821–1881

20वीं सदी के कथा साहित्य को व्यापक रूप से सबसे प्रभावशाली शक्ति के रूप में माना जाता है। दस्तयेव्स्की एक रूसी उपन्यासकार, लघु कथा लेखक, निबंधकार, पत्रकार और दार्शनिक थे। दस्तयेव्स्की का काम मानवीय स्थिति के सबसे विवेचनात्मक पहलुओं पर गहरी दृष्टि डालने के लिए जाना जाता है। *ए रॉ यूथ* तथा *क्राइम एंड पनिशमेंट* उनकी दो सबसे अधिक प्रभावशाली रचनाएँ हैं। रूस के क्रांतिकारियों के सत्ता में आने पर वे कैसे कार्य करेंगे, इस पर उनकी रचनाएँ भविष्यवाणी करने लगती हैं। कुछ साहित्यिक आलोचक दस्तयेव्स्की को साहित्यिक इतिहास का सबसे बड़ा मनोवैज्ञानिक कहते हैं। उनकी विचारधाराओं ने साहित्यिक आधुनिकतावाद के प्रति उल्लेखनीय योगदान देते हुए मनोविज्ञान, धर्मशास्त्र और अस्तित्ववाद के विभिन्न स्कूलों को आकार दिया।

यद्यपि दस्तयेव्स्की मॉस्को में बड़े हुए, उन्होंने अपने जीवन का एक बड़ा हिस्सा सेंट पीटर्सबर्ग में बिताया, जहाँ उनके कई उपन्यास

प्रेरित थे। दस्तयेव्स्की के अंतिम अपार्टमेंट को अब एक संग्रहालय–दस्तयेव्स्की संग्रहालय में बदल दिया गया है। यहाँ, लेखक के सबसे प्रसिद्ध कार्यों के साथ ही उनके दैनिक जीवन और दिनचर्या के बारे में भी जाना जा सकता है।

यद्यपि उन्होंने एक सैन्य इंजीनियर के रूप में स्नातक किया था, वे एक समाजवादी समूह में सम्मिलित हो गए। बाद में उन्हें पुलिस ने पकड़ लिया और साइबेरिया भेज दिया। इन जीवन बदलने वाली घटनाओं के कारण वे एक लेखक बन गये और बार–बार जेल में अपने अनुभवों के बारे में द *हाउस ऑफ* द डेड, द *इनसलटेड* एंड *इंजर्ड*, और *विंटर नोट्स ऑन समर इंप्रेशन पर* बात की। वे अंततः सबसे व्यापक रूप से पढ़े जाने वाले और अत्यधिक सम्मानित रूसी लेखकों में से एक बन गए। उनकी पुस्तकों का 170 से अधिक भाषाओं में अनुवाद किया गया है।

आन्तोन चैख़व
1860–1904

चैखव का जन्म 1860 में रूसी शहर तगानरोग में हुआ था। उन्होंने अपना अधिकांश बचपन अपने पिता की किराने की दुकान में सहायता करके बिताया। वे ग्राहकों को बहुत ध्यानपूर्वक देखते और उनकी बातचीत, उनकी निराशाओं और शिकायतों को भी खूब सुनते। प्रारंभ में उन्होंने मनुष्यों के दैनिक जीवन का निरीक्षण करना सीखा। एक कहानीकार के रूप में उनकी सुनने की क्षमता सबसे मूल्यवान कला बन गई।

आर्थिक तंगी के बावजूद भी चैखव एक प्रतिभाशाली छात्र थे। 1879 उन्होंने मॉस्को में मेडिकल कॉलेज में प्रवेश लेने के लिए तगानरोग छोड़ दिया। इस समय वे घर का मुखिया होने के दबाव का अनुभव कर रहे थे। उनके पिता अब परिवार का पालन–पोषण करने में असमर्थ थे व चैखव पढ़ाई के साथ–साथ आजीविका अर्जित करने का उपाय भी सोच रहे थे। लेखन को उन्होंने अपनी जीविका का माध्यम बना लिया व अपने आस–पास के लोगों के बारे में लिखने लगे। वे 19वीं

शताब्दी के एकमात्र महान रूसी लेखक के रूप में उभरे जो किसान वर्ग से आए थे। उनके साहित्यिक कार्यों को दुनिया भर में सराहा गया। चैखव के नाटक दिन–प्रतिदिन की सामान्य बातचीत प्रस्तुत करते हैं। पाठक साधारण जीवन में उनकी असाधारण अंतर्दृष्टि संजोते हैं।

उन्होंने अपने कार्य के लिए पुश्किन पुरस्कार जीता और जब वे लेखन कार्य नहीं करते थे, तब एक चिकित्सक के रूप में कार्य करते रहे। उनके कुछ सबसे प्रसिद्ध नाटकों में *थ्री सिस्टर्स*, *द चैरी ऑर्चर्ड* व *अंकल वान्या* सम्मिलित हैं। सदोवाया–कुद्रींस्काया मार्ग पर स्थित चैखव हाउस को संग्रहालय बना दिया गया है।

लियो तॉल्स्तॉय

1828–1910

लियो तॉल्स्तॉय, एक रूसी लेखक थे जिन्हें सभी समय के सबसे महान लेखकों में से एक माना जाता है। तॉल्स्तॉय का जन्म यास्नाया पल्याना में हुआ था, जो एक पारिवारिक संपत्ति थी। वे काउंट निकोलाई इलिच तॉल्स्तॉय (1794–1837) और राजकुमारी मारिया तॉल्स्तॉय (1790–1830) के पाँच बच्चों में से चौथे थे। जब वे दो वर्ष के थे तब उनकी माँ की मृत्यु हो गई और नौ वर्ष की आयु में उन्होंने अपने पिता को सदा के लिए खो दिया। तॉल्स्तॉय और उनके भाई–बहनों को संबंधियों द्वारा पाला गया था। 1844 में उन्होंने कज़ान विश्वविद्यालय में कानून और पूर्वी एशियाई भाषाओं का अध्ययन आरम्भ किया, जहाँ शिक्षकों ने उन्हें 'सीखने में असमर्थ और अनिच्छुक' के रूप में वर्णित किया। तॉल्स्तॉय ने अपनी पढ़ाई बीच में ही छोड़कर यास्नाया पल्याना लौट आए और फिर मॉस्को में बहुत समय बिताया। 1828 में एक कुलीन रूसी परिवार में जन्मे तॉल्स्तॉय के उल्लेखनीय कार्यों में सम्मिलित

उपन्यास हैं – *वॉर एंड पीस*, (1869) तथा *आन्ना कारेनिना* (1878), जिसे अक्सर यथार्थवादी कथाओं के शिखर के रूप में उद्धृत किया जाता है।

उन्होंने पहली बार अपनी अर्ध–आत्मकथात्मक त्रयी (त्रीलोजी)– *चाइल्डहुड, बोयहुड, यूथ* (1852–1856), और *सेवस्तोपल स्केचेज़* (1855) के साथ साहित्यिक प्रशंसा प्राप्त की, जो क्रीमियन युद्ध में उनके अनुभवों पर आधारित थी। उनकी कथाओं में दर्जनों लघु कथाएँ और कई उपन्यास सम्मिलित हैं। उनका अद्वितीय, सबसे प्रसिद्ध प्रशंसित उपन्यास, अर्थात् *वॉर एंड पीस*, एक रूसी क्लासिक है जो पहली बार 1869 में प्रकाशित हुआ था। यथार्थवाद शैली के आधार पर, यह उपन्यास 1812 में रूस पर नेपोलियन के आक्रमण का परीक्षण करता है, जो युद्ध के दौरान विभिन्न परिवारों के तीन मुख्य पात्रों के उथल–पुथल भरे संबंधों में गहरी अंतरंग झलक प्रदान करता है। लियो तॉल्स्तॉय स्टेट म्यूज़ियम लेखक की हस्तलिखित विरासत का एक अनूठा, विश्वस्तरीय ख़ज़ाना है, जो पुस्तकों, ऐतिहासिक दस्तावेज़ों, स्मारकों, ग्राफिक्स और अन्य वस्तुओं से परिपूर्ण है। तॉल्स्तॉय के प्रति समर्पित सदियों पुराने चित्रों, मूर्तियों, तस्वीरों और आजीवन प्रकाशनों की विभिन्न प्रदर्शनियाँ भी सम्मिलित हैं।

ईवान तुर्गेनेव
1818–1883

ईवान तुर्गेनेव के साहित्यिक कार्य के ज़रिये ही रूसी लेखन ने पश्चिम में प्रशंसा प्राप्त की। उनका उपन्यास *फादर्स एंड संस* उन्नीसवीं शताब्दी के रूस के कथा साहित्य के प्रमुख कार्यों में से एक है। उन्होंने अक्सर अपने लेखन में धार्मिक और राजनीतिक विषयों के बारे में लिखा। ज़ार निकोलस प्रथम के शासन में वे रूस से भाग कर पश्चिमी यूरोप चले गए। वहाँ उन्होंने लिखना जारी रखा और रूसी साहित्य को यूरोप के शेष भागों में पहुँचाया।

वे एक उपन्यासकार और लघु कथा लेखक थे। आरम्भ में उनके कार्य को कई प्रकाशकों द्वारा अस्वीकार कर दिया गया था। उनके उपन्यास *फादर्स एंड संस* को अब एक क्लासिक माना जाता है। उनका प्रमुख प्रकाशन *ए स्पोर्ट्समैन स्केच* एक लघु कहानी संग्रह है जिसका उद्देश्य भू–दासों(सर्फ) के समाज की क्रूरताओं को लक्षित करना था।

तुर्गेनेव की कई काल्पनिक रचनाएँ प्रारंभिक प्रेम और अधूरी आकांक्षाओं के इर्द–गिर्द केंद्रित थीं। वे यथार्थवादी शैली के लेखक थे। प्रसिद्ध गायक पाऊलीन वियार्डोट के साथ उनका प्लटोनिक आदर्शवादी संबंध उनके कार्यों के लिए प्रेरणा का स्रोत था। उनके कार्य में कई उपन्यास सम्मिलित थे; जैसे–*रुदीन, ए नेस्ट ऑफ नोबल्स* एवं *ऑन द ईव* और विशेष रूप से उनका सबसे प्रसिद्ध कार्य *फादर्स एंड संस* उन्नीसवीं शताब्दी के मध्य में शून्यवाद का एक रुचिकर चित्र प्रदर्शित करता है। यह पुरानी पीढ़ियों और आदर्शवादी युवाओं के बीच संघर्ष को दर्शाता है। रूसी लेखक के अन्य उत्कृष्ट साहित्यिक कार्यों ने गद्य में कविताओं के साथ–साथ अतीत के लिए गहरी पुरानी यादों को जोड़ा; जैसे–*किंग लियर ऑफ द स्टेप्स* एवं *टोरेंट्स ऑफ स्प्रिंग*।

अलेक्सांदर कुप्रिन
1870 —1938

इनका जन्म नरोव्चात नगर (पेंजा प्रदेश) में ८ सितंबर १८७० को हुआ था। उनके पिता साधारण कर्मचारी थे। पिता की मृत्यु के बाद वे मास्को में पहले अपनी माता के साथ और फिर गरीबी के कारण अनाथाश्रम में रहने लगे। उनकी शिक्षा सैनिक विद्यालय में हुई। शिक्षा के समय से ही वे कहानियाँ लिखने लगे थे। उनकी पहली कहानी अंतिम व पहली बार १८८६ में प्रकाशित हुई जिसके लिए उन्हें कई दिनों तक कारावास में रहना पडा। शिक्षा समाप्त करने के बाद वे सेना में अफसर बने किंतु चार वर्ष पश्चात् इस्तीफा देकर वे पत्रकारिता करने लगे।

कुप्रिन एक रुसी लेखक थे, जिन्हें उनके उपन्यासों द *ड्युएल* (1905) और *यमा द पिट* (1915) के साथ–साथ *मालोच* (1896), *अलेस्या* (1898), *कैप्टेन रिबनिकोव* (1906), *ऐमेराल्ड* (1907), और द *गार्नेट ब्रैस्लेट* (1911) के लिए जाना जाता था जिसपर 1965 में फिल्म भी बनाई गई।

कुप्रिन की कुछ वर्षों की सैन्य सेवा में कई कहानियों का प्रकाशन देखा गया, जिसमें *इन द डार्क* (1893) शामिल था, जो वास्तव में एक

छोटा उपन्यास था, और मन की असामान्य स्थितियों (*ए स्लाव सोल, मैडनेस* और द *फॉरगॉटन किस*, सभी 1894) का कलात्मक अध्ययन था, जिसमें लेखक ने खुद को मानव आत्मा की दुर्लभ और अजीब अभिव्यक्तियों के संग्रहकर्ता के रुप में वर्णित किया। केवल द *इन्क्वायरी* (1894), आलोचनात्मक टिप्पणी के लिए उनका पहला प्रकाशन, सेना से संबंधित था। सेना के जीवन के साथ उनके बढ़ते असंतोष के अलावा, द *इन्क्वायरी* का आसन्न प्रकाशन शायद 1894 की गर्मियों में कुप्रिन के इस्तीफे का एक प्रमुख कारण था। द *इन्क्वायरी* ने रुसी सेना–विषयों की लघु कथाओं की एक श्रृंखला शुरु की – ए प्लेस टू *स्लीप* (1897), द *नाइट–शिफ्ट* (1899), *प्रपोर्शचिक* (1897), द *मिशन* (1901) – जिसके परिणामस्वरुप अंततः उनका सबसे प्रसिद्ध काम, द ड्युएल हुआ।

सेर्गेई येसेनिन
1895–1925

सेर्गेई येसेनिन कई रुसी और विदेशी कविता प्रेमियों के पसंदीदा कवि हैं। उन्हें बीसवीं शताब्दी के लेखकों और कवियों में मान्यता प्राप्त है। 'सेर्गेई येसेनिन बीसवीं शताब्दी का पुश्किन है,' कवयित्री लारिसा वासिलीवा ने लिखा। उन्होंने पांच साल की उम्र में पढना शुरु कर दिया, और नौ साल की उम्र में उन विषयों पर कविता लिखने लगे जो मूल रुप से लोककथाओं से प्रेरित था, ज्यादातर दादी द्वारा प्रदान किया गया, जिन्हें उन्होंने एक अत्यधिक धार्मिक महिला के रुप में भी याद किया। 1904 में येसेनिन स्कूल में शामिल हो गए। 1909 में उन्होंने मानद प्रमाण पत्र के साथ स्नातक की उपाधि प्राप्त की, और स्पास–क्लेपिकी में स्थानीय माध्यमिक क्रिश्चियन विद्यालय में अध्ययन किया। 1910 के बाद से, उन्होंने व्यवस्थित रुप से कविता लिखना शुरु कर दिया। उस वर्ष की आठ कविताओं को बाद में उनके 1925 के संग्रहित कार्यों में शामिल किया गया था। कुल मिलाकर, येसेनिन ने

अपने स्कूल के दौरान लगभग तीस कविताएँ लिखीं। उन्होंने उन्हें अपनी पहली पुस्तक में संकलित किया, जिसे उन्होंने *सिक थॉट्स* शीर्षक दिया।

अपनी 1922 की आत्मकथा में, येसेनिन ने लिखा, *रुस का हालिया खानाबदोश अतीत मुझे आकर्षित नहीं करता है, और मैं सभ्यता के पक्ष में हूं। लेकिन मैं अमेरिका को बहुत नापसंद करता हूं। अमेरिका एक बदबूदार जगह है जहां न केवल कला की हत्या की जा रही है, बल्कि इसके साथ, मानव जाति की सभी बुलंद आकांक्षाओं की भी हत्या हो रही है। अगर यह अमेरिका है जिसे हम हमारे भविष्य के लिए एक महल के रुप में देख रहे हैं, तो मैं अपने सलेटी आसमान के नीचे रहना पसंद करुंगा – हमारे पास वे गगनचुंबी इमारतें नहीं हैं जो रॉकफेलर और मैककर्मिक के अलावा कुछ भी नहीं बनाने में कामयाब रही हैं, लेकिन यहां तॉल्स्तॉय, दस्तयेवस्की, पुश्किन और लेर्मन्तोव का जन्म हुआ था।* 1925 की शुरुआत में, येसेनिन ने लियो तॉल्स्तॉय की पोती सोफिया से शादी की। मई में, जो उनकी अंतिम बड़ी कविता साबित हुई, *आन्ना स्नेगिना* सामने आई। 28 दिसंबर 1925 को, येसेनिन लेनिनग्राद के होटल एंगलटेरे में अपने कमरे में मृत पाए गए थे। वुल्फ एहरलिच के अनुसार उनकी आखिरी कविता उनके द्वारा उनके निधन से एक दिन पहले लिखी गई थी। येसेनिन ने शिकायत की कि कमरे में कोई स्याही नहीं थी, अतः उसे मजबूर होकर अपने खून से लिखना पड़ा। उनकी मृत्यु से आहत, मैय्याकोवस्की ने टू *सेर्गेई येसेनिन* नामक एक कविता की रचना की, जिसकी कुछ पंक्तियाँ थीं: *इस जीवन में मरना मुश्किल नहीं है, जीवन को ढालना अधिक कठिन है*। येसेनिन पर बाद के व्याख्यान में, उन्होंने कहा कि क्रांति की मांग थी हम जीवन का महिमामंडन करें। हालांकि, मैय्याकोवस्की ने खुद 1930 में आत्महत्या कर ली।

मार्गारीता ख़ेमलिन
1960–2015

यहूदी मूल की रुसी लेखिका, मार्गारीता ख़ेमलिन का जन्म युक्रेन के चेर्निगोव में हुआ।

वह अपने आख़िरी पलों तक मॉस्को में रहीं। ख़ेमलिन ने अपने मूल युक्रेन के बारे में उपन्यास और कहानियां लिखीं, यहूदी विषयों और पात्रों पर ध्यान केंद्रित करते हुए उन्होंने द्वितीय विश्व युद्ध और सोवियत नीतियों की विरासत की खोज की। ख़ेमलिन नें गोर्की साहित्य संस्थान में अध्ययन किया व एक पत्रकार के रुप में काम किया।

मार्गारीता ख़ेमलिन की दो पुस्तकें – द *लिविंग लाइन* नामक एक लघु कहानी संग्रह और उनके पहले उपन्यास, *क्लॉट्सवोग* – को क्रमशः 2008 की बिग बुक और 2010 के रुसी बुकर पुरस्कारों के लिए चुना गया था। उनका उपन्यास, द *इन्वैस्टिगेटर* (मैलनी मूर द्वारा अनुवादित, 2015) 1950 के यूक्रेन में घटित होता है और इसमें एक हत्या की जांच शामिल है।

मार्गारीता ख़ेमलिन बीसवीं सदी के यहूदी जीवन और भाग्य की कहानियाँ अपने पात्रों के माध्यम से बड़े ही अनूठे अन्दाज़ में बताती हैं, कुछ उनके अपने रिश्तेदारों से प्रेरित हैं। ख़ेमलिन ने उन्हें लेखन में सादगी और स्पष्टता के मूल्य सिखाने के लिए अपने शिक्षकों, यूरी तमाशेव्स्की व ग्रिगोरी सित्रीन्याक को श्रेय दिया।

आभार

मैं ओम बुक्स इंटरनेशनल की पूरी टीम का हृदय से धन्यवाद करती हूं:

मैं प्रकाशक श्री अजय मागो की कृतज्ञ हूँ जिन्होंने इस पुस्तक को प्रकाशन योग्य समझा;

श्री शान्तनु रॉय चौधरी जिन्होंने मुझे भरपूर प्रोत्साहन देकर मुझमें आत्मविश्वास जगाया;

डॉ कीर्ति पाठक, वरिष्ठ संपादिका जिनके सूक्ष्म संपादन ने कहानियों को संवारा; सह संपादिका सोनाली का भी आभार;

पापिया साहा सिंघा जिनके सजीव चित्रों ने प्रत्येक कहानी को जीवंत किया;

आप सभी का कोटिशः धन्यवाद।

मुझे बेलारुस स्टेट यूनिवर्सिटी, मिन्स्क का भी उल्लेख करना चाहिए, जिसने रुसी भाषा और साहित्य में मेरे करियर को आकार दिया; सभी प्रोफसर, मेरे सभी रुसी सहपाठी, व अन्य।

मैं सुकृता पॉल जी का भी उल्लेख करुंगी जिन्होंने अनुवाद करने की पहल करने में मेरी मदद की।

और अंत में मुझे इन सभी महान लेखकों को धन्यवाद देना नहीं भूलना चाहिए कि मैं उनकी कुछ कहानियों का अनुवाद कर सकी, कुछ का अनुवाद करना कठिन नहीं था और कुछ प्रारंभ में जटिल लगीं, लेकिन एक बार शुरु करने के बाद, वे भी उतनी कठिन नहीं रहीं।

कल्याणी अग्रवाल